JN142896

吉永直登

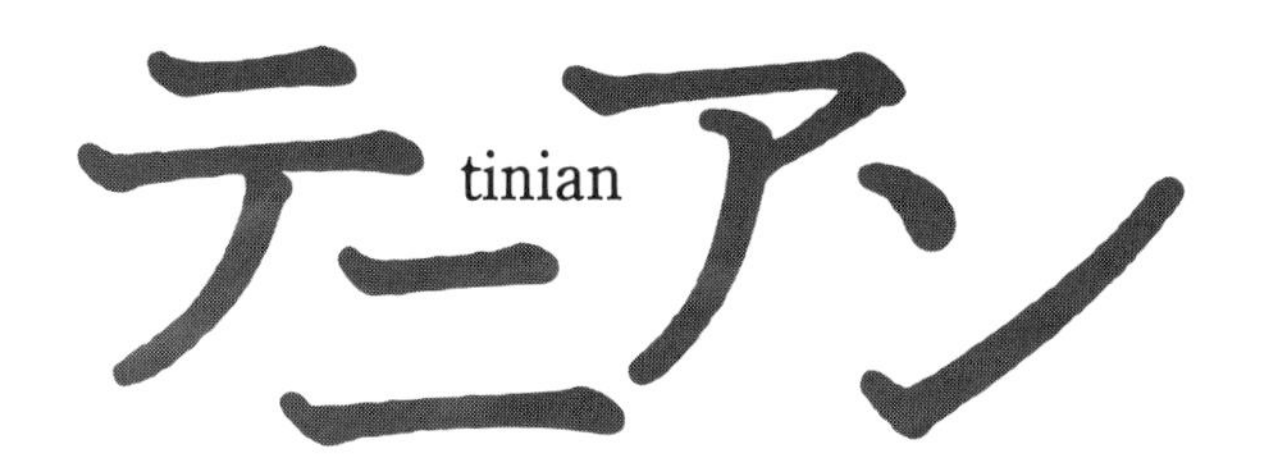

太平洋から日本を見つめ続ける島

あけび書房

はじめに

北マリアナ諸島・サイパン島から数人乗りの小型機で飛び立つ。隣にはバスにでも乗るようにリラックスした表情の地元中年男女。ホテル、ゴルフ場、カラフルな住宅。眼下に南国リゾートの風景が広がる。

目線を前方に向けると、熱帯の樹木に覆われた島が現れる。その島は遠目にも人家が少ないことが分かる。リゾートの雰囲気はしない。樹木の中に、薄茶色の滑走路が不気味に並んでいる。

離陸し2、3分、飛行機はサイパンの海岸線を離れる。と同時に、島ははっきりとその姿を見せる。海岸の崖に打ちつける激しい波。サンゴ礁を抱いて広がるコバルトブルーの海。窓越しから圧倒的な迫力と美しさで迫ってくる。

日本から2000キロ以上離れた米自治領北マリアナ諸島・テニアン島。

島はあることで世界史に名を残している。「原爆基地の島」だ。人類が経験した最も非人道的な大量破壊兵器である広島、長崎の原爆は、ともにテニアンから離陸した特殊改造のＢ29爆撃機が投下したものだった。

戦後70年以上がたち、戦争は遠い日の出来事になりつつあるが、それでも原爆部隊の基地だったという事実はあまりに重い。テニアンの名が歴史から消えることはない。

しかし、別のあることは時の流れの中で、記憶の風化が確実に進んでいる。テニアンは戦前、多くの日本人が住み、砂糖生産で活気あふれる島だった。

実質30年にも満たない期間だったが、国際連盟の委任統治領という名の事実上の日本領で、本土より大規模な農場でサトウキビが栽培された。多くの日本人が汗を流して働き、「南洋の宝島」と呼ばれることもあった。

「あの戦争さえなければ」
「貧しかったが、楽しかった」

沖縄、東北地方、東京。筆者は戦前のテニアンで暮らした80歳を超えるさまざまな地域の人に会った。テニアンの名を口にする時、ほとんどの人が表情を崩した。

テニアンは太平洋戦争の戦場になり、入植者は筆者のような戦後生まれには想像もできない悲劇を経験した。それでもテニアンの取材だと伝えると、彼らはまるで子ども時代の夏休みでも思い出したように、目を細めて語り始めた。

戦争、原爆の暗い時代のイメージと、島の出来事を楽しげに語る元住民の表情。そのギャップはあまりに大きく驚きだった。一体どういうことなのか…。

本書は現在残る記録と多くの元住民がつづった文章、そして筆者が会った人たちの話をひとつの線で結び、テニアンの歴史をまとめようとした試みだ。

今回、本の形にすることができ、筆者が感じたギャップのなぞをある程度解き明かすことができたのではないかと思っている。

そして、読まれた方に次のことも感じていただけると思う。

テニアンは日本から遠く離れた太平洋の小島ではあるが、その歴史は、まぎれもなく日本の歴史の一部であることを。

２０１９年６月20日

吉永　直登

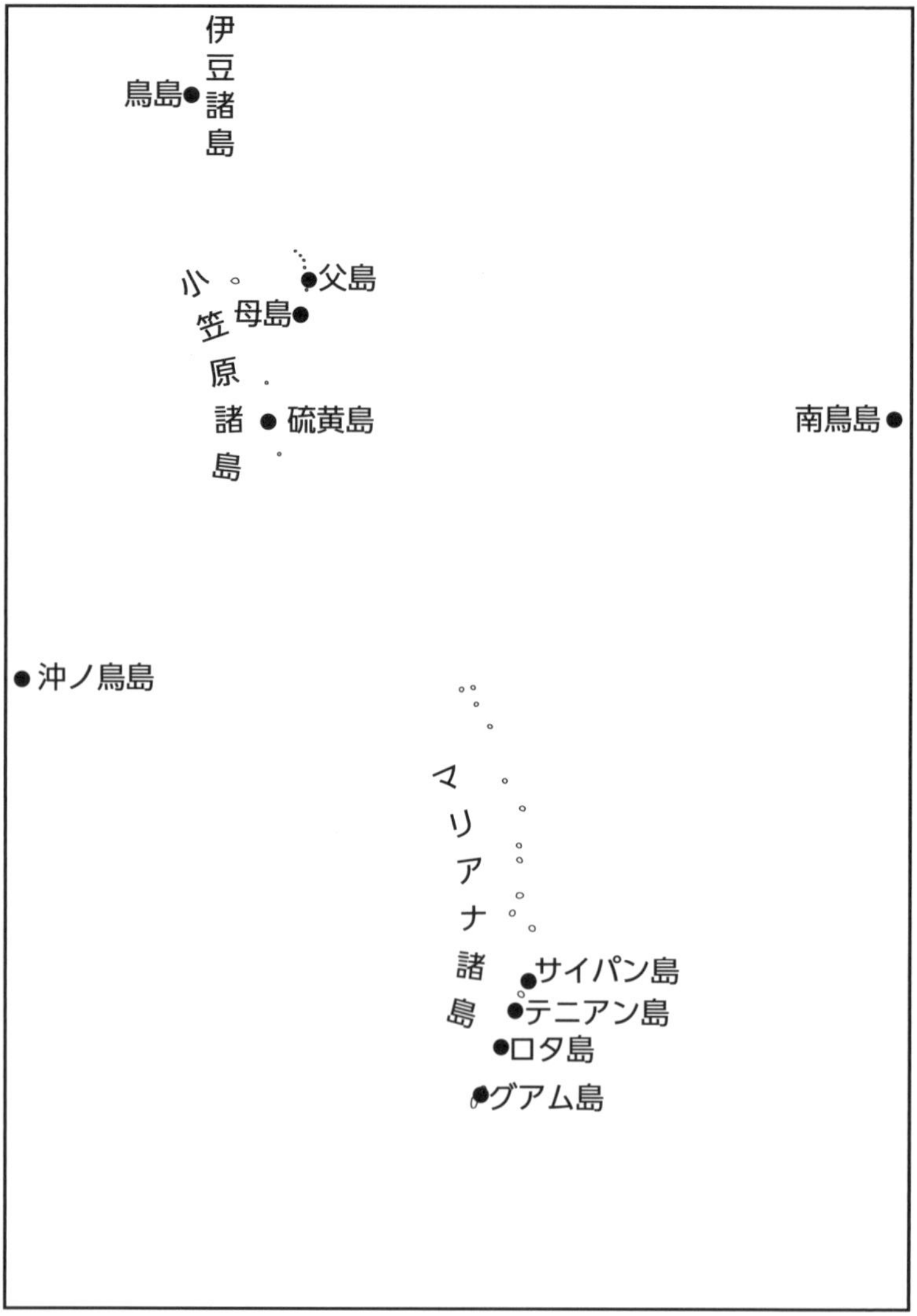

伊豆諸島
鳥島
小笠原諸島
父島
母島
硫黄島
南鳥島
沖ノ鳥島
マリアナ諸島
サイパン島
テニアン島
ロタ島
グアム島

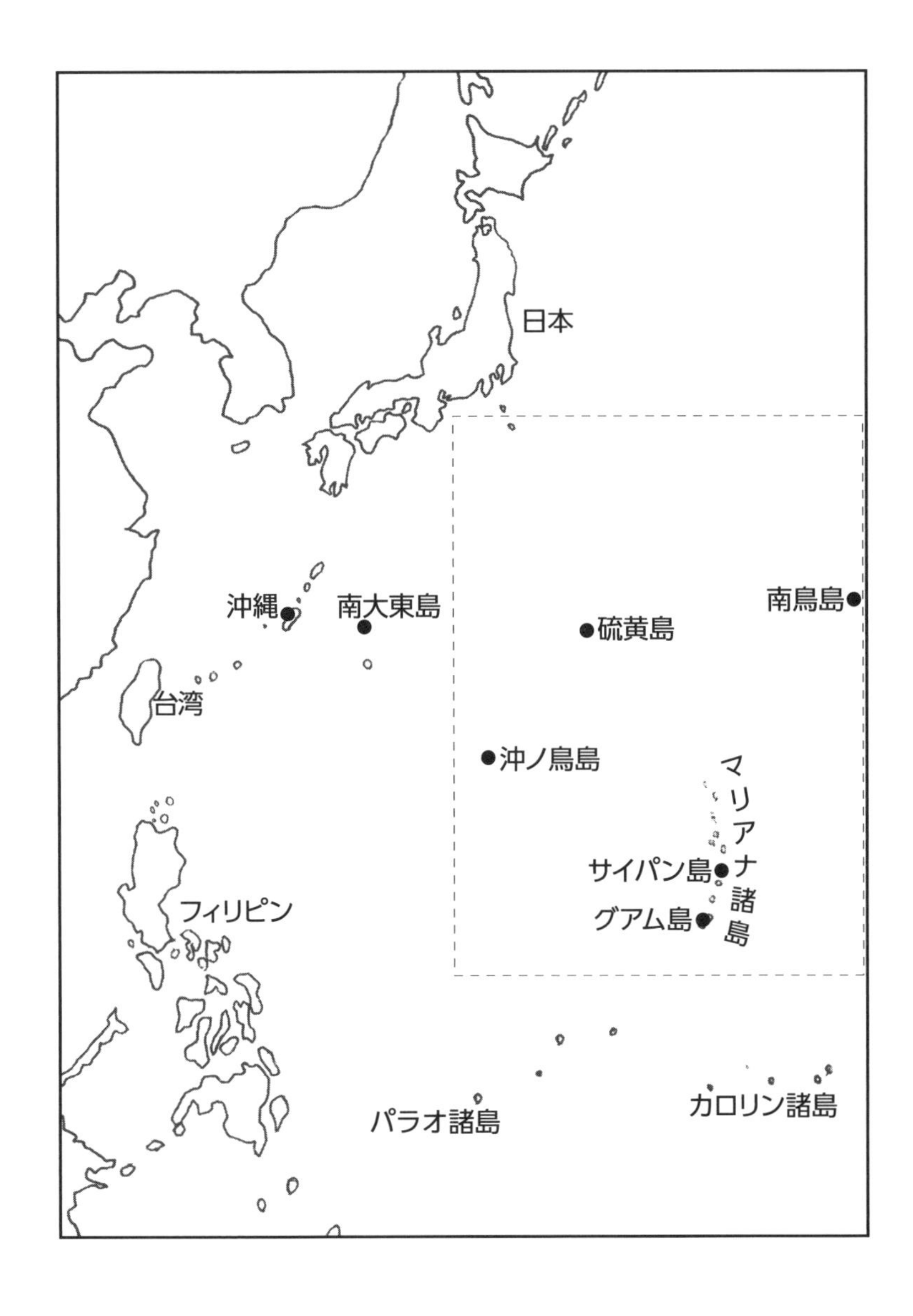
日本
沖縄
南大東島
南鳥島
硫黄島
台湾
沖ノ鳥島
マリアナ諸島
サイパン島
グアム島
フィリピン
パラオ諸島
カロリン諸島

もくじ

はじめに――3

I　チャモロの島、列強の島――14

海の民　チャモロ
布教の悲劇
再び現れた強者
異文化の統治者

II　南に向かった日本人――33

名誉と富を求めた男たち
「移民県」沖縄
台湾と松江春次、南大東島

Ⅲ　開墾、日本人の島――43
大正新時代の天佑
日本人、テニアンに上陸
失敗3社
南洋興発誕生
労働争議と共栄会
再び山形移民
ある福島移民の思い出
八丈島と与論島
村ができた
トタン屋根の家
サトウキビ畑と相思樹
流れ込む沖縄移民
南洋興発の小作制度
町ができた
寺と神社、幼稚園
南洋の宝島
徴兵逃れ

Ⅳ　懐かしき日々――104
スズラン通り
酒保
水産、土木、新聞社
料亭街
神社の祭り
遊び天国
スポーツ天国
南洋の青春
地球劇場
球陽座
風変わりな芸術家
Ⅴ　そして、全てを失った――146
強烈な光の大艦隊
国際連盟脱退、松江失脚

囚人飛行場と新しい神社
酒と軍歌
不気味な海
魔の2か月
「機械をください」
悲劇の海
軍民協定
米軍来襲
テニアン上陸
戦闘の終焉
「玉砕」の誤解

VI 米軍の島、「小さな戦後」——183

投降、日系兵
世界最大規模の航空基地
B29、日本本土空襲
キャンプ・チューロ

収容所の〝タブー〟
収容所を訪れた爆撃航空兵
初の戦後民主主義学校？　テニアンスクール

Ⅶ　原爆基地の島、再びチャモロらの島――217
509混成群団
原爆投下
東京ローズ
終戦
引き揚げ
それぞれの戦後
再びチャモロの島に、そして未来へ

おわりに――243
主な参考文献・資料・参考論文
テニアン島内地図（1940年頃）、関連年表

Ⅰ　チャモロの島、列強の島

海の民　チャモロ

世界地図を広げ、東京から南に目を向けると伊豆諸島、小笠原諸島があり、さらに硫黄列島の南に飛び石のように並ぶ島々が目に入る。15の主要島から成るマリアナ諸島だ。北端は、美しい円錐形をした活火山島のウラカス島（ファラリョン・デ・パハロス）。戦前は南洋航路の船から壮観な噴火を眺められる南洋の観光スポットだった。南端は米領グアム島。マリアナ諸島は通常、独自の内政権を持つ米自治領（コモンウェルス）の北マリアナ諸島と、米準州のグアム島に分けられるが、グアムを含む15島は、地理的、歴史的に多くの共通点を持つ「きょうだい島」だ。本書では文脈でグアムを含む「マリアナ諸島」とグアムを含まない「北マリアナ諸島」を使い分ける。

テニアン島は北緯15度、広さ101平方キロメートル。北マリアナの中心であるサイパン島の南西に寄り添うようにあり、陸地の大半を山が占める島が多い中、土地がほぼ平たんという、ほかの島々と異なる特徴を持つ。

マリアナ諸島の形成は約４２００万年前に始まったとされる。火山活動の活発化と海底隆起、プレートの移動や気象変動に伴う海面の上下動により現在の姿になったという。隆起サンゴ礁が変化した石灰岩で島全体が覆われたテニアンには、渡り鳥が糞を落とし、層が薄いながらも、栄養分に富んだ土がつくられた。

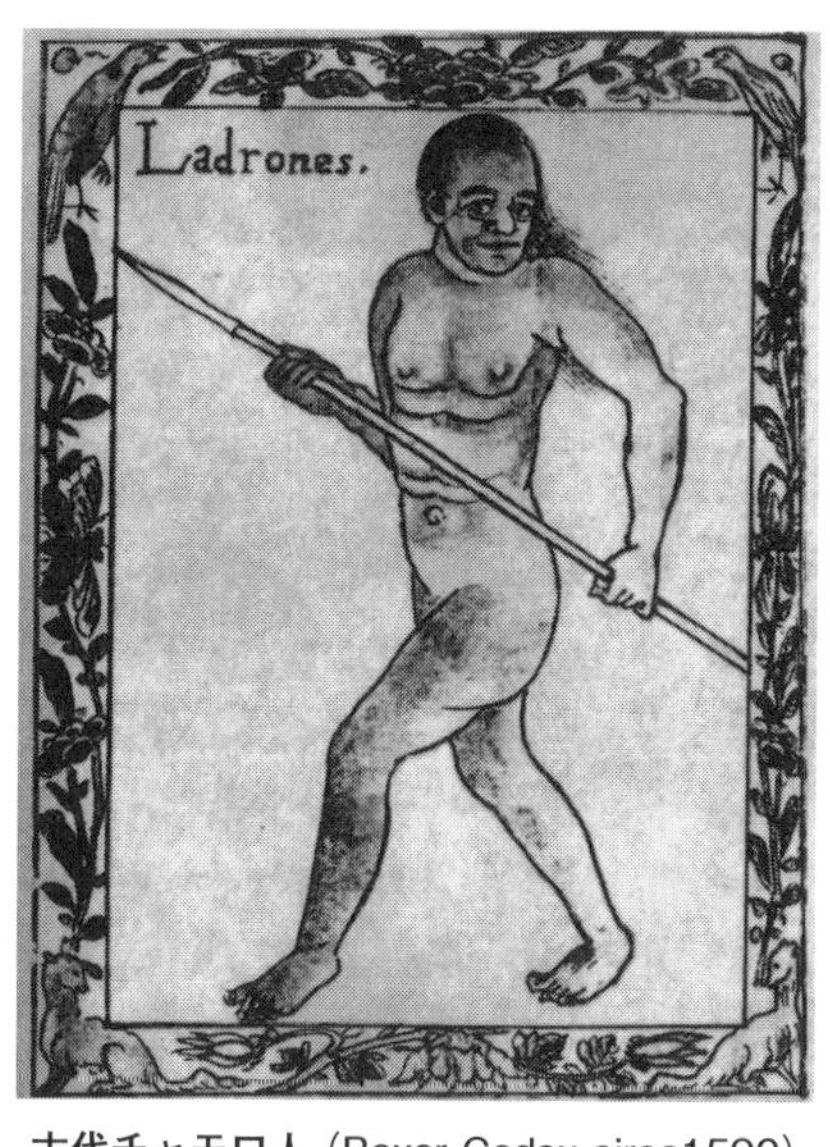

古代チャモロ人（Boxer Codex circa1590）

マリアナ諸島では、いつから人が住んでいるのか。彼らはどこから来たのか。諸説あるが、太平洋、インド洋で話される多数の言語を、近い親戚の言葉か遠い親戚かで分析した研究の結果、台湾にいた人たちの一部が約５２００年前、台湾、東南アジアから飛び出し、太平洋各地に広がったという見方があるという。

北マリアナのサイパンでは、遺跡の発掘調査などから少なくとも３５００年以上前に人が定住生活をしていたことが分かっている。今後さらに研究が進むだろうが、人類は太平洋で５０００年以上前に台湾、東南アジアから広がり始め、マリアナ諸島でも３５００年前頃には、定住が始まっていたと言えそうだ。

では、マリアナ諸島に住み着いた人たちは、どんな人たちだったのか。

マリアナ諸島の原住民はチャモロ人と呼ばれる。16〜17世紀に西洋人が来航した頃までの人たちは、古代チャモロ人とも呼ばれる。テニアン在住のマリアナ史研究家ドン・ファレルの著書『テニアン』によると、マリアナ諸島の人口は、諸島全体で約３万人、テニアンにも約５０００人いたと推定される。ただ彼らは文字を持たなかったため、古代チャモロ時代の彼ら自身による記録は残っていない。

それでも初めての世界一周で知られるマゼランの船団が、航海途中の１５２１年、グアム周辺の海域を通過したのを皮切りに、多くの西洋人がマリアナ諸島を訪れ、古代チャモロ人の風貌や性格、生活の記録を残している。

「人々は裸のまま。黒い髪の毛は束ねているが腰までたれている」

「背はわれわれと同じくらいで、均整がとれた体をしている」

「女はきれいでほっそりしている。女たちは椰子の葉のゴザやカゴを編んだり、日用品をこしらえている」

マゼラン船団に参加し、航海の様子を記録したイタリア人、ピガフェッタの日誌の日本語訳本には、船団が見たチャモロ人の様子が描かれている。

米歴史家ロバート・ロジャーズは著書『デスティニーズ　ランドフォール』（1995年。以下、書誌の刊行年は初出のみに記載）のなかで、チャモロ人の風貌や性格について、16～17世紀にマリアナ諸島を航海した西洋人の記述を紹介している。

「プロア（カヌー）に乗っているのは、たくましい体の人たちだった。背はスペイン人より高く、黒い直毛だ。そして裸だった」

「彼らは非常にがっちりした体格をしている。特に足が発達している。顔は広く平ら。口はとても大きい。そして歯を犬の歯のように削り、鋭くしている」

こうした記述は、古代チャモロの男性が現代のフィジーやトンガのラグビー選手のように、がっちりした体の屈強な人たちであることをイメージさせる。

その一方、ロジャーズは「彼らは決して怠け者ではない。働き者だ」という記述も紹介し、チャモロ人が未開の人間ではないという印象を西洋人に与えたことも指摘している。

西洋人を最も驚かせたのは、プロアと呼ばれた三角帆を張ったカヌーだった。太平洋では、今も各海域に伝統的カヌーがあり、プロアもそのひとつとみられるが、小回りの利いたスピードは、目を見張るものがあったようだ。

チャモロ人の文化を今に伝える代表的なものは、「ラッテストーン」と呼ばれる、てっぺんに石を載せた、こけしのような形の石柱だ。

何のための石柱なのか、高床式建物の土台とも、宗教的な意味を持つとも言われているが、まだなぞに包まれている。テニアンにはマリアナ諸島のラッテストーンのなかでも最大規模の、高さが4メートルを超える「タガ遺跡」がある。

タガ遺跡は元々、12本の石柱だったとみられる。石柱のうえに立派な建物があったとも伝えられるが、18世紀に英国人が上陸した時に描かれた絵には、既に石柱があるだけ。その後、柱の数も減って、20世紀初頭のドイツ時代は5本。1924年に日本の人類学者、長谷部言人が調査に訪れた時には直立している石柱は2本だけになっていた。現在、立っている柱は1本だけ。それでも古代チャモロ文化を今に伝える大切な歴史遺産として、テニアンの観光スポットになっている。実は長谷部が調査した時、周辺に小型のラッテストーンがいくつかあったが、日本人町がつくられる時、小型のストーンは壊され、タガ遺跡だけが残されたという。

チャモロと日本の結びつきに関する、興味深い話がある。

日本民俗学の創始者、柳田国男の弟で、戦前、海軍軍人でありながら民族学の研究に従事した松岡静雄という人がいた。彼は1927年に出版された『ミクロネシア民族誌』のなかで、鎌倉時代の説話集『古今著聞集』に、平安時代、伊豆国興島で海から鬼が現れたという話が載っていると紹介している。

話の概要は、筆者が現代語に直すとこうなる。

「承安元年7月、浜辺に一艘の船が着き、海から8人の鬼が出てきた。島民が粟酒を出すと、馬のように飲んだ。体は赤黒く、目は猿のよう。裸でしゃべらない。島民は鬼に殺されるのではないかと思い、弓矢を鬼に向けた。すると鬼は海に戻り、船で去っていった」

承安元年は1171年。伊豆国興島の場所は特定されていないが、静岡県の県史研究によると、伊豆諸島の三宅島か八丈島（ともに東京都）と推定されるという。松岡は古書に書かれた鬼の外見などから、島民が見たのが「南島人」であることは「疑いの余地もない」と書いている。そして、マゼランの航海より350年も前のことなので、「（南洋の人種に関する）世界最古の記録だろう」とも述べている。

島民が鬼だと思った人たち。筋骨隆々の体をしていたのだろう。裸のまま船で移動していたことも、その後に西洋人が描いた古代チャモロ人の特徴と一致している。平安時代の日本人が見た「鬼」は、実は船で流れ着いた南洋の人種だったとする松岡の見方には、筆者もうなずいてしまう。

布教の悲劇

1695年、テニアンの約10キロ南西に浮かぶアギガン島は、大きな悲鳴に包まれた。テニアンに住むチャモロ人たちが、銃器を持つスペイン軍に追い詰められていた。男も女も、子どもたちも。ある者は殺され、ある者は崖から飛び降り、自ら命を絶った。生き残った人たちもスペイン兵に捕らえられ、グアムに連行された。

「海の民」チャモロ人を襲った悲劇。どうして起きたのか。

マリアナ諸島のチャモロ人と西洋人の接触は1521年、世界一周を目指す途中で同諸島を通過したマゼラン船団に始まる。太平洋の大海原を越え、グアムに上陸した乗組員たちは、久々の陸地に大喜びし、水や食糧を補給した。しかしこの時、早くもチャモロ人との衝突が起きた。

乗組員の一人、ピガフェッタの航海日誌（日本語訳）によると、チャモロ人は自分たち以外の人間を知らなかったようで、マゼランらの来航に大いに驚いたが、船の装備や荷物に関心を示し、乗り込んで、あらゆる物を奪おうとした。船尾につないでいた小船も奪ったため、マゼランは激怒し、海岸近くのチャモロ人の家を焼き払い、住民を殺害した。日誌にはマゼランらが島を去る時、大勢のチャモロ人がカヌーで追いかけたこと、船団に魚を渡すように見せかけて近づき、石を投げてきたことも書かれている。

島民の家を焼き、命を簡単に奪った行為は、現代では決して許されないことだが、チャモロ人に大切な備品の小船を奪われたことが事実なら、マゼランが激怒したことは想像できる。ただ、チャモロ側に立てば、彼らにはそもそも、「私物」という西洋人には当たり前の概念がなかったという見方を米歴史家ロバート・ロジャーズは示している。チャモロ人には「盗んだ」という意識自体がなかったという見方だ。

現代と異なり、相手の情報が全くないなかで遭遇した人たち。トラブルは必然だったろう。

マゼラン一行は島々を泥棒諸島（ラドロネス諸島）と名付けた。泥棒諸島という不名誉な名前は、17世紀にスペイン人によってマリアナ諸島という名前が付けられた後も、俗称として残った。

太平洋を横断し、アジアに到達できることを知ったスペインは16世紀後期、西太平洋に目を向ける。北米大陸のメキシコとフィリピンを結び、ガレオン船と呼ばれる大型帆船を使った貿易を開始。当初スペインは小島が点在しているだけのマリアナ諸島をなかば無視していたが、ガレオン船が近海を通るようになると、同諸島にも関心を寄せるようになった。

テニアンのチャモロ人と西洋人の記録に残る最初の接触は、ガレオン船の難破がもたらした。その初期の出来事としては、１６０１年頃、フィリピン・マニラからメキシコに向かっていたサンタ・マルガリータ号が、テニアン南西のロタ島近海で難破した事故が知られている。難破船に群がったチャモロ人との間に起きた抗争で乗員の大半が死亡。わずかな人たちが生き延び、ディエゴ・ルレーナという乗組員がカヌーに乗って海に逃げ、テニアンにたどり着いたとされる。１６３８年にもサイパン近海で、別のガレオン船コンセプシオン号の座礁が起きた。

中国の絹織物や陶磁器、メキシコの銀などが運ばれ、大きな富を生み出したガレオン貿易。初期に難破が多発した理由には、もうけに目がくらみ、重量限度を考えずに商品を積んだ過積載があったという。ガレオン船の難破は、多くの犠牲者を出したが、その一方、マリアナ諸島に西洋人を近づけることになった。

スペインが１６６８年、イエズス会宣教師のサンビトレスら布教団をマリアナ諸島に派遣すると、スペインとチャモロの関係は新たな段階に入った。

泥棒諸島と呼ばれた島々は、布教団の派遣で一転、当時摂政だったマリアナ・デ・アウストリア王妃にちなみ、マリアナ諸島という名前がつけられた。グアムに到着したサンビトレスは、精力的に布教活動をおこない、自ら現地の言葉を覚えてキリスト教を説き、赤ん坊を含む子どもの洗礼も進めた。テニアンでも、サンビトレスがグアムから派遣した人が学校をつくった。イエズス会研究のある本によると、約６００人に洗礼を受けさせた宣教師もいたという。

しかし、精力的な布教は強引、高圧的なやり方に陥った。日本に初めてキリスト教を伝えたイエズス会宣教師フランシスコ・ザビエルの史話から高圧的な印象は受けないが、当時のキリスト教の世界で、新興勢力のプロテスタントへの巻き返しを図っていたイエズス会は、必要とあれば武力行使も辞さない、武闘派的性格も持っていた。実際にサンビトレスを含め、宣教師自身が軍を指揮する立場にいた。そして、強引な布教は、サンビトレスらとチャモロ人の関係を急速に冷え込ませた。

文化的摩擦も。米歴史家ロバート・ロジャーズの著書によると、当時のチャモロ人は、先祖を敬う気持ちから、人が亡くなると、頭蓋骨をお守りとして大切に家にしまい、崇める習慣があったが、これは宣教師には受け入れられないことだった。サンビトレスはチャモロ人が反発するなか、頭蓋骨を崇拝する慣習を強引にやめさせようとし、対立を広げた。

この時期、たくさんのチャモロ人が病死したことも、スペイン人に対する不信感と憎悪を膨らませた。サンビトレス着任後の17世紀後半、マリアナ諸島では天然痘などとみられる伝染病が流行し、子どもにも多くの犠牲者が出た。太平洋ではマリアナ諸島に限らず、欧米人の来航時期に病気が蔓延し、人口が激減することが、その後もたびたび起きている。太平洋の人たちが西洋人が持ち込んだ病気に対する免疫を持たなかったためとみられるが、当時のチャモロ人がそうしたことを知るはずもなく、宣教師が洗礼で使う水に毒が入っているなどと考えたという。

１６７２年、サンビトレスはグアムで、幼児が勝手に洗礼を受けさせられたことに怒ったチャモロ人に殺されてしまう。そしてこの事件が、「スペイン・チャモロ戦争」と呼ばれる泥沼の戦闘に発展した。

武力でサンビトレス殺害の報復に乗り出したスペインに対し、チャモロ人も当初はゲリラ戦法でスペイン側に被害を与えた。１６８４年にグアムでチャモロ人の大規模な反乱が発生。チャモロ人の反乱と、それを抑え込もうとするスペインの攻防は、テニアンを含むマリアナ諸島全域に広がった。しかし最終的には、武器の違いが勝敗を決した。１６９５年、スペイン艦隊は、フィリピン人やスペインに忠誠を示したチャモロ兵も従え、サイパンに乗り込んだ。テニアンのチャモロ人は、通り過ぎる艦船を見て驚き、南西にある断崖に囲まれたアギガン島に逃げ込むが、スペイン軍は島を取り囲み、抵抗を試みたチャモロ人を銃器で制圧する。そして、この項の冒頭に紹介した悲劇が起きた。

スペインによる北マリアナ諸島のチャモロ人掃討作戦は、その後も1730年頃まで続く。戦闘と病気によって、チャモロの人口は激減。どの程度、人口が減ったのか、研究者の統一的数字はないようだが、例えば、テニアンの地元歴史家ドン・ファレルは著書で、3万人いたマリアナ諸島のチャモロ人が10分の1の3000人程度になったとしている。

スペインは島民の反乱を防ぎ、管理しやすくするため、チャモロ人が住む島をグアム、ロタ、サイパンに限り、それ以外は認めない方針を取った。このため、テニアンなどの北マリアナ諸島の島々は、ほぼ無人島状態になった。

スピードあふれるカヌーで太平洋を自由に行き来し、ラッテストーンの文化を築いた「海の民」古代チャモロ人。西洋人の強引な布教に端を発した抗争の末、文化とともにテニアンから姿を消した。

再び現れた強者

1742年、テニアンに英国船が現れた。英海軍の軍人、ジョージ・アンソン率いる艦船だ。16世紀から18世紀にかけ、戦争を繰り返したイギリスとスペイン。アンソンもスペインのガレオン船の拿捕が目的だったが、サンゴ礁に囲まれ、木々が茂る無人島に足を踏み入れたアンソンは、熱帯の美しい光景にすっかり魅せられ、本来の目的のスペイン船追跡を中断し、タガ遺

18世紀、英軍人ジョージ・アンソン一行がテニアン上陸時に描いた絵
（Don A. Farrell「TINIAN A BRIEF HISTORY」）

跡の近くにキャンプを張ってしばらく滞在したという。

50余年後の1798年、今度は国も目的も異なる船がテニアンに寄った。米北東部・ニューイングランド地方の捕鯨船だった。石油の利用が始まっていない当時、捕鯨は新生国アメリカの重要産業で、18世紀末から19世紀初頭には、活動の場を大西洋から太平洋へと広げていた。マリアナ諸島でも1820年代頃から米捕鯨船が頻繁に姿を見せるようになる。無人島だった小笠原諸島の父島にハワイから来た欧米人が初めて入植したのも1830年だ。

では、テニアンからグアムに連れて行かれたチャモロ人はどうなったのか。

「農園で働き、貝、プランテン（調理用

バナナ）、芋などを食べていた」
「普段はほぼ裸で暮らしているが、ヨーロッパ人が来ると、誇らしげに服を着た」
「役人には従順で、騒動はめったに起こさなかった」
ロバート・ロジャーズの著書には、かつてのチャモロ人とは全く異なる、グアムの集落の様子が紹介されている。たくましい体を持つ勇敢な「海の民」は、移動の自由すらない農園のなかで、カヌーに乗ることはもちろん、泳ぐことも忘れた人たちになっていた。

グアムでは、役人や軍役で来たスペイン人とチャモロ人の混血が急速に進み、古代チャモロ人とは違う、西洋的顔立ちの人たちが登場する。さらに捕鯨船が来航するようになると、船員と結婚するチャモロ人女性も現れ、19世紀半ばには、純粋なチャモロ人はほぼいなくなったと推定されている。この頃には、彼らの生活はすっかり西洋化し、日曜には教会の礼拝に出る敬虔なキリスト教徒になっていた。

英米人が訪れるようになったマリアナ諸島。外見も生活も大きく変わったチャモロ人。マリアナ諸島は19世紀、新しい時代を迎えた。

テニアンでも19世紀、いくつかの出来事が起きていた。

1835年、グアムのスペイン総督は、ハンセン病患者を北マリアナ諸島に隔離することを決め、テニアンやサイパンに粗末な小屋のような療養施設をつくった。西洋人の来航とともに、天然痘などの伝染病が太平洋の島々に広がったことは述べたが、この頃はハンセン病が太平洋の多くの島で問題化していた。

　１８５５年、グアムに新しいスペイン総督が着任する。テニアン在住の歴史家、ドン・ファレルの著書によると、新総督はテニアンの新たな活用として、21人の囚人を島に送り込み、牛肉や穀物を生産させ、それをグアムに運ぶ事業を始めた。これは、米国の急速な太平洋進出に対し、北マリアナの島々を長く放置していたスペインが危機感を抱いたことが背景にあるらしい。

　農園に隔離されていたグアムのチャモロ人は、既にカヌーの使い手でなくなっていたので、新総督は、南方のカロリン人を船のこぎ手に雇うことにした。カロリン諸島などに住むカロリン人は、スペインとの接触が少なかったため、伝統的生活を続け、カヌーを操る技術も保持していた。また体も屈強だったので、労働力として魅力だったのだろう。１８６５年には、後に日本人町となるテニアン南部の海岸エリアに労働者の集落があったという。

　さらに１８６９年、グアムにいたジョージ・ジョンストンという米国人が、北マリアナ諸島で牧場や農場を大規模に展開することを総督に提案。彼は平地が多いテニアンに注目し、島全体を事業地として借りることに成功した。

　ジョンストンはカロリン諸島のカロリン人を、労働力として最大限に活かそうとした。自ら労働者移送の責任者になって、多くのカロリン人をマリアナ諸島に連れてきた。そのうちテニアンに連れてこられたのは、カロリン諸島最大規模のナモヌイト環礁に住んでいた約２３０人。ジョンストンは彼らを使って、テニアンで生産した牛肉や豚肉をカヌーで運び、スペイン人に売る事業を大規模に始めた。

ドン・ファレルの著書によると、ジョンストンはグアムやサイパンで、米英の捕鯨船員を相手にイモやタバコも売った。詳細は不明だが、明治時代になったばかりの日本にナマコの輸出を試みたこともあったようだ。

ところがジョンストンは１８７６年、サイパンに向かう途中に海難事故に遭い、死亡してしまう。翌１８７７年に賃貸契約が打ち切られた後も、テニアンには、しばらく労働者が残っていたが、事業を本格的に継ぐ人は現れなかった。牧場や農場が放置されたため、島のカロリン人の大半がサイパンに移っていった。

テニアンは再び、定住者のいない無人島に近い状態になった。それまでに持ち込まれたたくさんの家畜だけが取り残された。

ちなみに、オーストラリアの研究者のある著書によると、テニアンの最初の牛は、18世紀にメキシコから運ばれてきた牛だったという。スペインのガレオン船は、メキシコからフィリピンに銀のほか野菜、果物や、新大陸で重宝された牛を運んだことが知られている。テニアンの牛もガレオン船で連れてこられたようだ。牛肉は現在も島の地場産業のひとつだ。テニアンと牛は、スペイン時代から今に至るまで縁深い。

異文化の統治者

1899年11月。サイパンのガラパンで、北マリアナの歴史の節目となる統治交代式がおこなわれた。スペイン国旗がおろされ、ドイツの旗が掲げられた。グアムは米領になったが、北マリアナ諸島の新たな統治国はドイツになった。

ドイツは内陸国のイメージがあるが、中世には経済的都市同盟「ハンザ同盟」が北海、バルト海沿岸の交易を支配した歴史がある。1870年代頃から太平洋に本格進出したドイツの会社は、ココヤシからつくる「コプラ」の商品化を進めていた。

コプラはココヤシの果実の胚乳を乾燥させたもので、含まれる脂肪分は食用油やマーガリン、石けん、ロウソクなどになった。ココヤシはもともと太平洋の住民の大切な食料、飲料であり、外皮は日常用具の材料だったが、ドイツ人は視点が良かったのだろう。欧州で売れると考え、当時の先端化学技術も使い、ココヤシを一大輸出品に変身させた。

ドイツが統治権を得た直接のきっかけは、キューバ、カリブ海地域の覇権をめぐって起きたアメリカとスペイン間の米西戦争だった。急速に国力をつけていたアメリカにとって、国威を失っていたスペインは、もはや格下の相手。両国の対立はカリブ海から遠く離れた西太平洋におよび、アメリカはあっという間にフィリピンやグアムを占領。1898年、グアムはアメリカの手に渡った。
「領土は手放しても、せめて金を手に入れよう」と考えたのだろう。スペインはドイツに、グアム以外の島の売却を持ちかける。太平洋の自国会社の商業活動を後押ししようとしていたドイツにとってもおいしい話で、スペインとドイツは契約を締結。翌1899年、ドイツは、北マリアナ諸島とカロリン諸島を金銭で手に入れた。太平洋中西部のマーシャル諸島は既にドイツ領だったので、ドイツは西太平洋の広い地域を自国領にした。

現在のサイパンでドイツの痕跡を感じることはあまりないが、北マリアナ諸島がドイツ領になったことは、諸島の発展に大きな意味を持った。ドイツが近代化の下地をつくったと言える。中でもサイパンは、ドイツ時代の15年間に、行政府長のジョージ・フリッツのもと、大きく姿を変えた。

布教と軍事支配がスペイン時代だったとすれば、ドイツは経済概念と教育を持ち込んだ。ドイツは行政庁舎、病院などの近代的建物を建て、道路、港の整備を始めた。学校を建てて公教育を始め、成績優秀者向けの留学制度も用意した。中にはドイツ本国で、パン職人の修行を経験した生徒もいた。

農業も授業に取り入れ、ジャングルにいるハチから蜂蜜を採るユニークな授業もあった。マンゴーやレモン、コーヒー豆などの商品作物の栽培が始まったのもドイツ時代。レモンは世界各地の海に進出したイギリス海軍が、船員の壊血病対策でレモン汁を重宝したことが知られているが、北マリアナ諸島で商品化したのはドイツだった。

ドイツはコプラ事業の利益を膨らませようと、領土内の各集落の酋長を責任者にして、島民を使い猛烈な勢いで椰子を植え始めた。サイパンだけでもドイツ時代に植えられたココヤシは万単位に上ったという。


では、ドイツ時代のテニアンはどういう状況だったのか。

実はドイツ時代のテニアンは、あまり変化がなかった。太平洋のドイツ統治は、島民を労働力に利用するスタイルだが、マリアナ史研究家ドン・ファレルの本によると、当時のテニアンの住人はチャモロ人36人とカロリン人59人だけ。この人数では島の開発はむずかしかったのだろう。

ただ、ドイツはスペインと同様、テニアンを牧畜の適地と判断していた。

スペイン総督や米国人ジョージ・ジョンストンが島で牛肉生産を始めたことは述べた。彼らの事業は中途半端に終わったが、島の牛は野生化し、その数が千数百頭に膨らんでいた。やや小柄ながら、角が長いのが南洋の牛の特徴だった。スペイン時代に島に連れてこられた豚やヤギも、数え切れないほどに増えていた。

フリッツ行政府長は、島の牛を管理させる人間が必要と考え、ペドロ・デラクルツという、暴れ牛を縄で捕獲する名手のグアム出身のチャモロ人を迎えた。ドイツは当初、テニアンの牛を生きたままサイパンに運び、サイパンで生産工程に乗せようとしたが、搬送中、多くの牛が事故や病気で死んだため、テニアンで解体し、塩漬けなどにして運ぶ方法に変更したという。

ちなみに、テニアン島の至る所にいた野生化した牛と豚は、後に島に来た初期の日本人入植者を大いに驚かせ、困らせた。この野牛を最終的に駆除したのは、島の本格的開拓のため調査に入った南洋興発の社員らだった。

Ⅱ 南に向かった日本人

「テニアンと日本人」の話に入る前に3点ほど記したい。明治時代に富を求めて太平洋に向かった日本人がいたこと。テニアン社会の中核になる「移民県」沖縄のこと。そして南洋興発の創業者、松江春次と、戦前の日本製糖事業の中心地、台湾についてだ。

名誉と富を求めた男たち

沖ノ鳥島、南鳥島。日本の最南端と最東端につく「鳥島」の文字。鎖国が終わった明治日本の太平洋への進出は、鳥と深い関係がある。それは命をかえりみない冒険野郎たちによって切り拓かれた。彼らを南の大海に駆り立てたのは地図にもない島を見つけ、一番乗りする名誉。そして、鳥が生み出す大きな富だった。島と鳥を探した彼らの冒険は、歴史の教科書で大きく扱われていないが、日本の領土を太平洋に広げる力になった意味は小さくない。

「島探し」の代表的人物は伊豆諸島・八丈島出身の玉置半右衛門（1838〜1910年）。玉置が目指したのは、土佐の漁師の息子、中浜万次郎（ジョン万次郎）が少年時代に漂流し、米船に救助されたことでも知られる伊豆諸島の鳥島だ。玉置は１８８７（明治20）年、鳥島に上陸。翌年から出稼ぎ労働者を使って、アホウドリをこん棒で殺し、むしり取った羽を横浜の外国商社に売る事業を始めた。

羽毛は寝具の保温具や帽子の装飾品として、西洋の商社に大量に売れた。捕獲数は鳥島の火山噴火で事業が中断する１９０２年までの15年間で計６００万羽に及んだといい、玉置は鳥島のアホウドリを絶滅の一歩手前まで追い込んだ。今日であれば自然保護団体から猛烈な批判を受け、役所も認可しないだろう事業だが、玉置は鳥の撲殺事業で短期間に巨額の富を築いた。

玉置が鳥島の次に目をつけたのは無人島だった沖縄の南大東島。彼が送り込んだ開拓団は１９００年、沖縄本島東の太平洋に浮かぶ同島に上陸。当初、鳥の捕獲を試みたが、期待したほど鳥がいなかったため、途中でサトウキビ栽培に切り替えた。玉置の会社・玉置商会はその後、事業を手放すが、サトウキビ産業自体は製糖会社の変遷を経て、今日に続いている。玉置の事業手法は、今の企業倫理に照らせば問題だらけだが、利潤を生む狙い目はよかったのだろう。

玉置ほどの成功ではないが、領有権を主張する中国との問題が起きている沖縄・尖閣諸島も、現在の福岡県八女市出身の古賀辰四郎（１８５６～１９１８年）が鳥を求めて渡り、鳥の捕獲のほかカツオ漁やカツオ節製造をおこなった島だ。明治政府が日本への編入を決定した大きな根拠のひとつに古賀の事業がある。

玉置、古賀に比べ、一般には知られていないが、現在の三重県桑名市出身で、小笠原諸島の父島で雑貨商を営んでいた水谷新六も、島探しの主要人物だ。水谷はスペイン支配下だった南洋・カロリン諸島に小船で渡り、物々交換のような交易をしたほか、1896年、南鳥島（英語名はマーカス島）を見つけ、出稼ぎ労働者を使って鳥の捕獲事業を始めた。

南鳥島は既に米国人らに知られていたので、発見ではなかったが、事業を始めたのは水谷が一番乗りだった。南鳥島は1898年に東京府に編入された。当時、米国は農作物の肥料となる鳥の糞の堆積物「グアノ」を太平洋に求め、西へ西へと進出していたので、水谷の事業のタイミングがもし遅かったら、島が米国領になった可能性もあった。もし南鳥島が米国領になっていたら、その後の日米関係は微妙に違ったはずだ。「日本最東端」として知られる南鳥島。この島を日本領に組み入れた彼の事業の歴史的意味は小さくない。

本書の舞台であるマリアナ諸島にも、清水一二（1873～1944年）という茨城・旧古河藩の医師の息子が渡航。古河市の郷土史研究会が1985年に出した会報によると、清水は小笠原諸島、サイパンを経て、1900年代初頭からグアムで椰子植林と日本との貿易業を始めた。出身の古河と周辺から多くの青年労働者を集め、「南洋椰子王」と呼ばれたという。

明治時代、名誉と富を求め、太平洋に渡った男たちがいたことは、日本の領土を太平洋に広げる力になり、日本人にとって遠い存在だった南洋を次第に身近に引き寄せていった。小笠原諸島の南にあるマリアナ諸島は、日本人にとって未知の世界ではなくなっていた。

「移民県」沖縄

沖縄県でほぼ5年に一度のペースで開かれる「世界のウチナーンチュ大会」。沖縄人「ウチナーンチュ」の子孫たちが、再び沖縄でひとつにまとまろうと、１９９０年に始まった大会だ。２０１６年は第６回を迎え、29の国・地域から７０００人を超える人たちが集結した。まさに「移民県」沖縄ならではの賑やかなイベントだ。

県民人口に対する移民人口の割合が全国で圧倒的に高い沖縄。しかし、初期ハワイ移民の主力だった山口、広島などに比べると、むしろ後発県だった。沖縄の人たちが海外に出るきっかけは、明治政府が１８９９（明治32）年に始めた土地整理事業。土地の所有権の確立を目指した同事業は貨幣経済を浸透させる一方、沖縄の人たちを土地、財産を「持つ側」と「持たざる側」に分けていった。そして、多くの人が「持たざる側」に属した。

土地整理の開始と同じ１８９９年、沖縄の「移民の父」当山久三が初の移民団をハワイに送り出した。これをきっかけに沖縄の移民ブームは一気に火がつく。ハワイ、フィリピン、北米、中南米。明治時代末期から大正時代にかけ、沖縄の人たちは世界の至るところに飛び出すことになった。

沖縄の南洋移民を考える時、当時米国で広がっていた日本人移民排斥運動が大きな転機だったことが分かる。勤勉な日本人社会の急速な膨張は、多くの米国人にとって脅威に映ったのだろう。日本政府は1907年、米国への渡航を現地に家族がいる人などに限る自主規制を打ち出したが問題は収まらず、1924年に米国で新たな移民法が成立した。日本人は新法の実質ターゲットになり、米国への新たな移民そのものが禁止されてしまった。ハワイに行こうとしていた多くの沖縄の人たちは希望の渡航先を失った。そこに登場したのが南洋だった。

南洋が日本の委任統治領になる経緯は後に述べるが、第一次世界大戦後に発足した国際連盟が委任統治領を決定するのは1920年。地球の反対側にあるような南米などに対し、西太平洋に位置する実質日本領の誕生は、沖縄の人たちにとって朗報だったろう。渡航にパスポートは必要なかった。南洋はまさに「出稼ぎ感覚」で行ける新たな移民先だった。

なお、本書では沖縄との対比で「本土」という言葉を多く使っている。本土はその国の主な国土を指す時などに使われる言葉だが、用法や行政、法律上の範囲は一定でない。本書では日本国土のうち、沖縄以外の地域を大ざっぱに本土と呼んでいることをご了解いただきたい。

台湾と松江春次、南大東島

大量のサトウキビを詰め込み、ゆっくり工場に入る列車。周囲に漂う、ほのかに甘い香り。台湾中西部・雲林県の虎尾。かつて「糖都」と呼ばれ、製糖業が盛んだった台湾西部の面影を今に伝える数少ない場所だ。

日清戦争に勝った明治政府が手にした初めての日本の植民地、台湾。清の時代は文化の届かない「化外（けがい）の地」と呼ばれたという。明治政府は新たに手にした海外領土の内地化を目指し、台湾総督府を置いて台湾版の殖産興業を進めようとした。現地責任者は児玉源太郎総督と民政長官の後藤新平。2人が目をつけたのが製糖業だった。

1899年に産業の要となる台湾銀行、そして1900年に総督府が財界に協力を求めた台湾製糖が設立。当時は本土でも近代製糖会社が産声を上げたばかりだったが、台湾がサトウキビ栽培の適地だと分かると、大日本製糖（現・大日本明治製糖）が進出。いくつもの別会社も台湾西部の平野部に工場をつくり、一帯はまたたく間に「日本の製糖団地」状態になった。

製糖各社は同業他社との激しい競争にさらされたが、進出地域の農家が栽培したサトウキビを会社の希望価格で独占的に買うことができる優遇措置を受けていた。今で言う「産業特区」だ。植民地になった当初、日本統治への激しい武装抵抗が起きた台湾だが、児玉、後藤コンビの産業政策は一定の成功を収めた。

多くの製糖関係者が日本から渡った台湾。そのなかに若手経営者として歩みだした一人のエリート技師がいた。後に南洋興発を設立し、南洋開拓の中心人物になる松江春次（1876～1954年）だ。

松江は福島・会津の武士の子として生まれた。父は多くの会津藩士と同様、戊辰戦争で苦汁をなめ、家は貧乏だったが、兄は陸軍軍人になった。2006年に公開された、第一次世界大戦のドイツ兵捕虜と日本人の交流を描いた映画「バルトの楽園」のモデル、松江豊寿だ。

春次も初め軍人を目指したが方向転換し、東京工業学校（現在の東京工業大学）に入学し、砂糖の研究に没頭した。学校を卒業し、大日本製糖に入社した松江は、1903年に米製糖業の中心地にあるルイジアナ大学に留学。留学中の1904年には、米セントルイスで開かれた万国博覧会を見る機会にも恵まれ、現地を訪れた東京工業学校の恩師で、当時の日本工業界の重鎮、手島精一の案内役を務めている。案内役を務めたことは、帰国後、手島の娘ふみと結婚する縁になった。

ルイジアナ大学の課程終了後は、当時の米製糖業大手、スプレックルス製糖会社に職工として入社。技師の腕を磨き、1907年に帰国。日本で初めて角砂糖の製造に成功するなど、留学の成果を出した。

エリート技師として、輝かしいスタートを切ったかに見えた松江だが、現実のビジネスの荒波も待っていた。

帰国した松江は、日本の製糖業の中心地になっていた台湾に向かった。大日本製糖を退社し、雲林県・虎尾の周辺を拠点とする斗六製糖という会社の創業メンバーに加わり、現地責任者になった。斗六製糖は、サトウキビの栽培と砂糖生産の業績を順調に伸ばした。

しかし、好業績はあだとなる。当時の台湾で急速に成長していた鈴木商店に目をつけられて

南大東島（2015年に筆者撮影）

しまった。斗六製糖は鈴木商店の策略で株を買い占められると、同商店が操る東洋製糖に吸収合併されてしまった。松江は、別の中規模製糖会社の役員になるが、この役員も辞職し、結局、台湾を去る道を選んだ。いわば「製糖浪人」になった。

その後も製糖会社の興亡は続いた。斗六製糖を合併した東洋製糖は沖縄にも進出。南北大東島でサトウキビ栽培を始めていた玉置商会から経営権を買い取り、島を傘下にした。しかし、飛ぶ鳥を落とす勢いだった鈴木商店も、第一次大戦後の恐慌と関東大震災で業績が急速に悪化。多額の融資を受けていた台湾銀行から見放され、1927年に倒産してしまう。東洋製糖も後ろ盾の鈴木商店の倒産で立ちゆかなくなり、大日本製糖に吸収合併された。

松江春次は台湾で、事業立ち上げに参加した会社が株の買い占めで消滅するという苦い経験をした。米国で世界最先端の砂糖の知識と技術を学んだ松江だったが、現実のビジネスを牛耳る財閥、政商の怖さを思い知った。

この後南洋に渡り、「砂糖王（シュガーキング）」と呼ばれることになる松江春次。松江は南洋興発の社長時代、自身の著書のなかで、台湾を去り南洋に渡った理由として、台湾で最後に役員を務めた会社の立地条件の悪さを挙げているが、筆者は理由のひとつに、彼が経験した企業間の策謀を避けたいという気持ちがあったと思っている。砂糖の知識で自分の足元にも及ばない人が、資本の論理で事業を転がしていることに嫌気がさしたのではないか。培った知識、経験と自身の采配で、思いっきり製糖業そのものに打ち込みたい。松江はそう思ったのではないか。そんな気がしてならない。

ただ松江は、台湾で培った製糖現場の経験と業界の人脈を、南洋興発の事業に生かしている。台湾では農家が生産したサトウキビを、製糖会社が希望価格で独占的に買い取る制度がおこなわれていたが、松江はこの手法を、南洋興発の小作人制度に当初、取り入れた。また、大日本製糖との合併で放り出された東洋製糖の技師の多くは、その後、南洋興発に入社し、同社を経営、技術両面で支えるブレーンになった。東洋製糖が手がけた沖縄・南北大東島でのサトウキビ栽培と農家管理の手法も、南洋興発のノウハウになった。

沖縄本島の東約３６０キロにある南大東島。玉置半右衛門の開拓団が無人島に入り、サトウキビ栽培を始めた島だと、先に説明した。当初、玉置商会が企業植民地のように島を管理したが、玉置の死後、東洋製糖に経営権が移り、東洋製糖が大日本製糖に吸収されると、今度は大日本製糖の企業島になった。

南大東島は面積はテニアンの3割程度だが、テニアンと同じく太平洋の大海原にポツンと浮かび、島の外周に防風林が植えられている。現在も「幕下（はぐした）」と呼ばれる盆地状の内陸部でサトウキビ主体の農業がおこなわれ、戦後設立された沖縄の製糖会社が、島の経済を支えている。

もし、かつてのテニアンの姿に近い島が現在の日本にあるとすれば、それは南大東島ではないか。筆者はそう考えている。

Ⅲ　開墾、日本人の島

大正新時代の天佑

大正新時代の天佑。欧州で第一次世界大戦が勃発した際、元老の一人、井上馨が戦争を天の助けだとして、参戦を促したとされる言葉だ。

1914（大正3）年8月、第一次大戦に参戦した日本は、ドイツに宣戦布告し、ドイツ領のマーシャル、カロリン、北マリアナの各諸島に艦隊を派遣する。少数のドイツ人行政官と貿易商人は退散し、日本軍はあっという間に広大な海域のドイツ領を占領した。そして同年12月、臨時南洋群島防備隊条例を発令し、カロリン諸島にあるトラック諸島（現在のチューク諸島）の司令部を拠点に軍政を敷いた。

ただ、軍政と言っても当時、小島、環礁ばかりの南洋の軍事的価値はあまり評価されなかった。占領した軍人自身、米領グアムに近く、同国の太平洋拠点ハワイとも向き合う地理的重要性は認識していたが、具体的利用のアイデアは乏しかったようだ。後に飛行艇の着水面、軍機の滑走路として重宝される環礁や小島。この時はまだ、その利用価値を理解されていなかった。目をつけたのは、むしろ貿易商、経済人だった。南洋には既に明治時代創業の南洋貿易という、名前のとおり南洋を事業エリアにした貿易会社があった。同社以外にも少なからぬ日本人が進出していた。しかしドイツ人がいなくなった南洋には、さらに多くの経済人が注目した。なかでも、海軍佐世保鎮守府（長崎県）の御用商人と言われた田中丸善蔵という人は、南洋の経験がないにもかかわらず、南に商機があるとみて南洋貿易に乗り込み、同社の社長に就任してしまう。田中丸の社長時代は短期間だったが、南洋貿易は支店網を南洋全域に広げ、日本人の生活基盤をつくる役割を果たした。

第一次世界大戦はドイツの敗北で終結。1920年に設立された国際連盟のもと、敗戦国側の旧植民地を管理する「委任統治」制度がつくられた。太平洋の赤道以北の旧ドイツ領が日本の統治地域となった。軍事利用をしないという条項があったが、元々軍事的期待を持たれていなかったため問題視されず、日本は軍政から民政に統治形態を改めた。

1922年、南洋庁という新たな役所が発足した。本庁はパラオ諸島のコロール島。テニアンも委任統治領という名の「実質日本領」として歩み始めた。

日本人、テニアンに上陸

「案内してくれた家は昔、キリスト教会で、石炭で固めた高い壁が残った家に一時落ち着き、飯場に分散した。ここから無人島を切り拓くのである」

「移民たちは夜、火をたき、ドブ池の水たまりに来る牛を、首ワナを仕かけ、かかったものをマチッテ（マチェテ、中南米などで生活道具、農林業用に使われる刃物）で突き殺し、みんなで食べる。肉は脂気がなく、堅い」

「内地から1か月に1回か、2か月に1回くらい、便りがどっさり来ると、みんな仕事を休んで手紙を読んだり、品物を開いて大はしゃぎ」


1918（大正7）年。スペイン時代の建物の廃墟が残るテニアン。ジャングルの樹木や動物と格闘し、必死に椰子を植えようとする日本人たちがいた。

日本海軍が南洋群島を占領して3年半後。開拓団として上陸した東北地方・山形の人たちだ。事業調査などのため、テニアンに足を踏み入れた日本人はいたが、集団入植は、山形の人たちが初めてだった。この文章は、両親に連れられて島に来た石山正太郎（1909年生）が戦後、幼少時代の体験を書いた回顧録だ。読みやすくするため、筆者が字句を一部修正している。

テニアンと縁もゆかりもない山形の人たちは、喜多又蔵という大阪の実業家が率いる喜多合名が始めた椰子事業の従事者だった。1918年1月と2月の2回にわたって来た開拓団は約100人。20代、30代の男性が中心で、多くは独身だったが、家族で来た人も一部いた。

作業にはサイパンの現地住民約300人も加わり、計400人態勢になった。そして、日本人は島南部の海岸の1班と、内陸部の湧き水「マルポの沼（マルポの池）」近くの2班の計3班

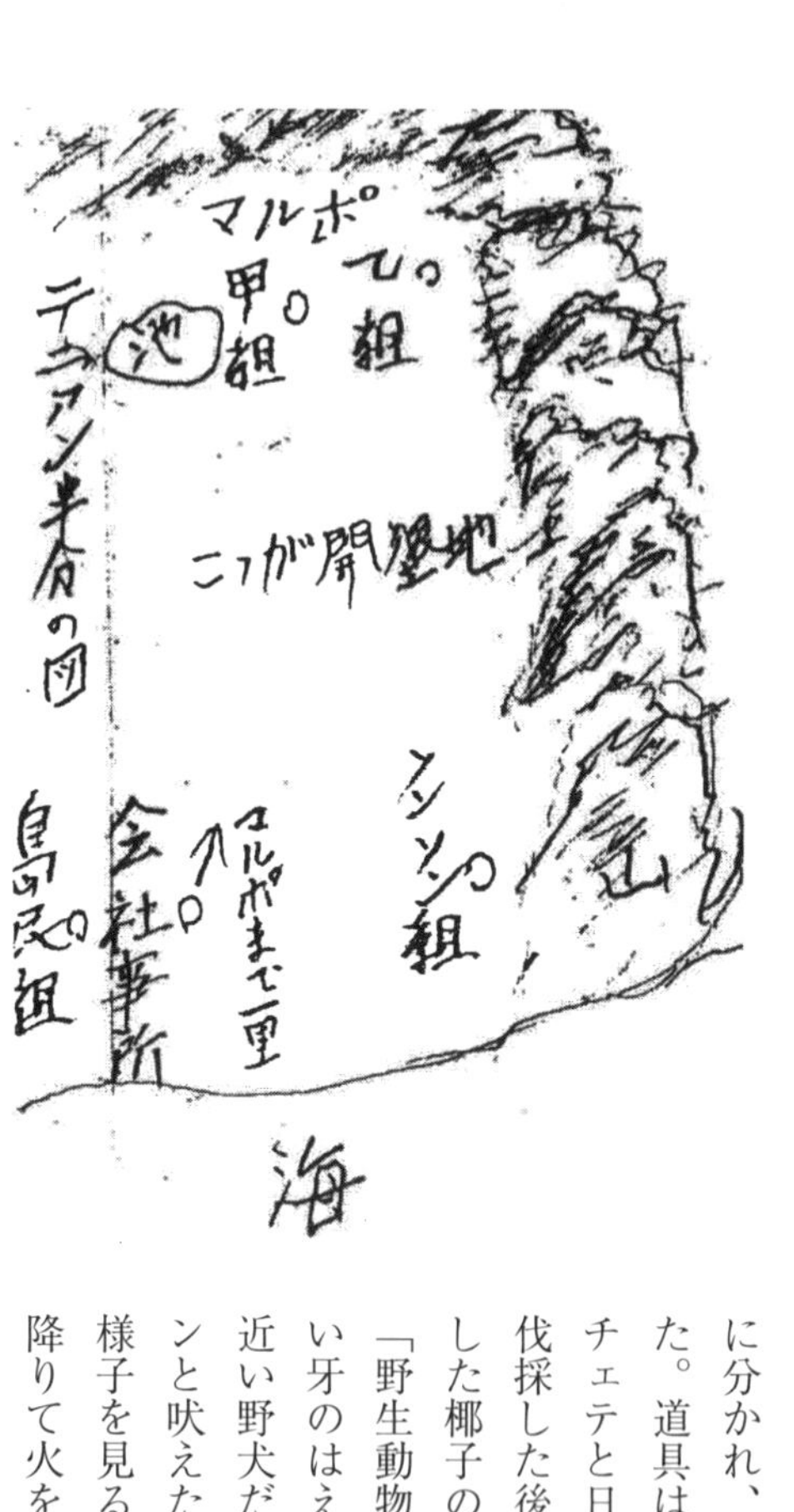

石山正太郎が回顧録で描いた山形開拓団のテニアン入植地図

に分かれ、密林の伐採を始めた。道具は現地住民が使うマチェテと日本のナタ、オノ。伐採した後には、会社が用意した椰子の苗を植えていった。

「野生動物では牛、ヤギ、長い牙のはえた豚、オオカミに近い野犬だ。一匹でもワンワンと吠えたら、高い木に登り、様子を見る。いないとみたら降りて火をたき、煙を上げて、遠くに行ったところで安全に帰るのである」

石山の回顧録には、必死に木を切る一方、島の野生化した動物とも向き合わなくてはならない入植者の様子が書かれている。

開拓団は、なぜ山形の人たちだったのか。

山形県人だった理由は単純だ。サイパンに来た喜多又蔵の関係者が島で移民募集を頼んだ山口百次郎という人が山形県の人だったからだ。山口は海軍占領後のサイパンで、軍人らを相手に商店や料理屋を経営していた。島の開発話に喜んだのだろう。移民の募集話を聞くと、すぐ故郷に戻り、現在の山形、天童両市と近郊で渡航を呼びかけた。開拓団は横浜からサイパンまで貨客船に乗船。サイパンで小船に乗り換え、テニアンに到着した。

では、彼らはなぜ故郷を離れ、未知の世界に飛び込む決心をしたのか。

ひとつはやはり、当時の東北地方の貧しさだった。１９８０年代に放送され、その後、世界的ドラマになったＮＨＫ連続テレビ小説「おしん」。山形の寒村から奉公に出される幼い「おしん」の姿が見る人の涙を誘ったが、山口が移民募集した当時の山形は、まさにドラマに近い世界だったろう。東北地方では当時、多くの子どもが商家などに奉公に出された。また、小作農には、娘を町の酌婦や芸妓に出す、いわゆる「娘の身売り」も少なくなかったという。山口の呼び掛けに集まった人たちも、さまざまな事情を抱え、地元で生きる将来の展望が見えない人が多かったに違いない。

山口百次郎のキャラクターも、参加を決断させた理由にあったと思われる。山口は元々、先に述べた「鳥探し」で、日本から小舟で太平洋に渡ったひとりだった。無謀な冒険で、山口は途中、命を落としかけたが、何とかサイパンにたどり着いた。彼が幸運だったのは、日本に別れを告げたはずなのに、海軍占領後に島に到着したため、サイパンに上陸したら、なんと日本の占領地になっていたことだ。

鳥探しは既に、時代遅れの事業になっていたが、彼は持ち前のバイタリティーで軍人相手の商売を繁盛させ、その後、サイパンで初の旅館をつくる。現地の日本人民間人の中心人物になり、一時は「サイパンの山口か、山口のサイパンか」と言われるほどだった。

募集に集まった人たちは、そんな山口がたのもしく思えたに違いない。山口も自分の冒険の体験と熱帯の暮らしを、おもしろおかしく話したのではないだろうか。


石山正太郎が両親に連れられテニアンに渡ったのは、石山が9歳の時だった。回顧録にはソリに荷物を乗せて雪の奥羽本線・漆山駅（山形市）に向かい、大勢の人に見送られた思い出が書かれている。駅は南洋行きの移民を見ようという人であふれていたといい、石山は山形を離れる両親の心境を、「後戻りできない、果てしない武者震いだったろう」と記している。

回顧録には、当時のテニアンのジャングルの様子も描かれている。

生い茂る樹木はヤロードド、タコノキ、テツボク、サルスベリなど。ヤロードやタコノキは高さ数メートルから10メートル以上にもなる常緑高木だ。テツボクは名前のとおり、幹が鉄のように硬い木で、南洋では後に建築資材として重宝された。

野生化した牛、豚、犬のほか、ハチやヤモリがいるとも書いてある。牛、豚、犬はその後、南洋興発の社員や入植者の努力で退治されたが、ハチは退治できず、島でサトウキビ栽培が始まった後は、農家の作業を邪魔する厄介者になった。

石山正太郎ら子どもたちは島に学校自体がないため、仕事の手伝いをしている以外は、ジャングルを駆け回っていたようだ。大人の格好をまね、マチェテをぶら下げていた。回顧録には、木のつるでブランコをつくったり、山鳥を捕ったりして遊んだと書いてある。アフリカのジャングルで活躍する「ターザン」で知られる映画があるが、男の子にとって入植当時のテニアンは、映画のような世界だったのだろう。

その一方、石山の母親ら女性たちは、男たちと一緒に樹木の伐採をしながら、炊事婦として開拓団の食事をつくり、生活の世話をした。もちろん店やスーパーはない。男たちは開墾地に現れる牛、豚を必死に捕まえたようだが、食事づくりは大変だったろう。女性たちは伐採の手伝いと食事の世話のほか、ジャングルの木の枝を使った作業用のかごづくりもしていた。

当時の日本の農山村では、農閑期に竹、わら、縄などを使った道具づくりが広くおこなわれていたが、開拓団はそうした習慣をテニアンにも持ち込んでいたらしい。

椰子事業は結局失敗するのだが、開拓団は故郷の雪国から遠く離れた太平洋の孤島で、休むことなくジャングルと格闘し、椰子を植えた。

失敗3社

テニアンの開拓団の様子を紹介したが、テニアン、北マリアナ諸島の占領直後の事業について整理したい。

日本軍が占領した南洋群島には軍政が敷かれたが、実際に関心を寄せたのは商人、経済人だったことは述べた。軍政庁は1918（大正7）年、事業認可などの行政事務を民政署に引き継ぐ。民政署がまとめた群島内の『営業者並企業者一覧』を見ると、多くの企業、民間人が事業申請したことが分かる。物品販売業には英米人や島民の名前もみえる。テニアンを事業地とした主な申請は、喜多又蔵の椰子事業と牧畜業を申請した西村拓殖だった。

喜多又蔵は綿花輸入大手・日本綿花の社長でもあった。「東洋のマンチェスター」と言われ、日本の紡績業の中心地だった大阪で、若手敏腕実業家として一時もてはやされた人物だ。

松江春次が1932（昭和7）年に南洋興発の創業期をまとめた『南洋開拓拾年誌』によると、喜多は日本軍の占領直後から南洋に目をつけ、1916（大正5）年、松井という関係者を派遣。松井はテニアンの平らな地形に注目し、椰子栽培をおこなうことを決めた。

同年、日本人4人とサイパン島民約20人をテニアンに派遣し、その後、喜多合名の社名で事業に着手する。サイパンの北にあるパガン島とアグリハン島から、椰子の苗約10万株を購入。そして先に述べたように、サイパンで商売をしていた山口百次郎に移民募集を依頼した。

石山一家ら移民たちは最終的に6万8000株程度の苗を植えたが、結局は失敗に終わる。理由はいくつかあったようだが、まず、それまで見たこともない椰子を、専門家の指導もなく植えること自体が無理だった。

たとえ農家であっても、初めて手渡された作物をいきなり植えろと言われたら、うまくいかないのは当然だ。害虫被害にも見舞われ、移民たちのなかには、疲労と栄養不足から健康を崩す人が続出した。当時、多くの野牛、野豚がいたテニアン。特に事業地近くのマルポの沼は動物の水飲み場だったため、徘徊する動物が開墾した土地を荒らし、入植者を苦しめた。

椰子の事業が軌道に乗らなかったため、喜多合名は綿花栽培に切り換えようとした。1931（昭和6）年発行の『南洋群島解説写真帖』によると、南洋での事業経験が豊かな熊本県出身の加藤千太郎という人が、この時テニアンに派遣された。

しかし、収穫時期に多くの労働力が必要な綿花事業も、開拓団の手に負えるものではなかった。喜多又蔵自身も第一次大戦終結後、紡績業を直撃した戦後恐慌から勢いを失っていた。喜多合名は事業継続を断念。移民たちは全員テニアンから退去した。山形に帰った人も多かったが、石山一家のようにサイパンに残った人たちもいた。

サイパンでも西村拓殖、南洋殖産という2つの会社がサトウキビ栽培を試み、いずれも失敗した。西村拓殖は山口県下関の漁師から漁業で財を成した西村惣四郎という人の会社で、南洋に来たのも元々は漁場調査が目的だったらしい。山口、長崎両県人や朝鮮人労働者らを連れてきたが、製糖知識はほとんどなく、サトウキビの汁から砂糖の粒をつくることすらできなかったようだ。テニアンでは牧畜業を申請しているが、こちらは事業をした形跡も見えない。

一方、南洋殖産は西村拓殖と対局的に、実業界をバックにした会社だった。フィリピン・ダバオの麻事業が中心だったが、サイパンの事業は西村拓殖と全く別の理由で立ちゆかなくなった。実業界の後ろ盾があることにあぐらをかいていた。経営陣、社員に仕事の緊張感が全くなく、『南洋開拓拾年誌』によると、ある社員はサイパンから勝手に日本に帰り、豪遊していたという。

喜多合名、西村拓殖、南洋殖産。3社に共通して言えるのは、「専門知識のない集団が、知らない土地で簡単に起業できるほど、世の中甘くない」ということかもしれない。3社に連れられ、北マリアナ諸島に来た開拓団、労働者のなかには、すぐ日本に帰った人たちも多かったが、サイパンでは、住む場所も仕事もない、いわば「南洋ホームレス」が1000人余り生まれた。

そこに登場したのが松江春次と、松江が創業した南洋興発だった。

この項の最後になってしまったが、1点補足したい。1916（大正5）年に喜多が派遣した松井という関係者と事業着手した日本人4人。彼らはテニアンに上陸した最初の日本人たちだった可能性がある。

海軍は1914年10月にサイパンに軍艦香取を派遣し島を占領しているので、この時軍人が、隣のテニアンも探査したのではないかと筆者は考えているが、少なくとも民間人としては、松井と4人が最初の上陸だった可能性がある。

南洋興発誕生

「大正9（1920）年頃、南洋群島海軍防備隊民政部長の手塚敏郎氏、後の初代南洋庁長官より「日本移民が某会社の蹉跌から非常に窮迫し、国際連盟に対しても日本の体面に関するような状態であるから、国策会社としても、ぜひ救済をお願いしたい。本問題は松江春次君が渡南し、つぶさに調査し、適切なる対策を持っているから、ぜひ計画を聞いてもらいたい」とのことであった」(筆者が字句を一部修正)

この文章は、植民地など海外産業育成のため設立された国策会社・東洋拓殖の元総裁、石塚英蔵が晩年に書いたものだ。南洋行政の責任者が海外事業の金庫役の国策会社に、「松江の面倒を見てほしい」と頼んでいたことが分かる。「某会社の蹉跌」とは、前項で書いた3社の事業失敗のことだろう。サイパンの「ホームレス移民」が、国際連盟の委任を受けている政府にとって、メンツの問題になっていたことも、この文章から分かる。

偶然だが東洋拓殖総裁の石塚も、松江と同じく会津藩士の息子だった。投資する側とされる側が同郷同士。気心が通じた部分も当然生まれたろう。この時、松江は40代半ば。実業家・松江春次が大きく羽ばたいた瞬間だった。

松江春次は、1921(大正10)年2月と8月、2度にわたってサイパンとテニアンを現地調査している。

「麦わら帽子に軍手、地下足袋というういでたちで、サイパン島のタッポーチョウ(タポチョ)山の頂上からテニアンのライオン岩に至るまで、炎暑に雨に、ハチに追われ、牛、豚、犬などの野獣に驚かされた」(筆者が字句を一部修正)

2月の調査に案内役として同行した南洋殖産の技師が、その時の様子を後に書いている。

テニアンは山形移民が事業失敗のため去った後で、松江は喜多合名の事業整理をしていた同社関係者宅を訪れている。山形開拓団がジャングルと格闘した跡を見て、やりきれなさも感じたろう。だが松江は、製糖事業地としてテニアンに大きな可能性を見いだしていた。

１９２１年11月29日、南洋興発は西村拓殖の商号を変更し、役員を入れ替える形で設立された。社長は当面空席とし、松江は専務の肩書で会社を指揮することになった。東洋拓殖から巨額投資を受ける、国策的役割も担う民間会社の誕生だった。翌１９２２年４月には南洋庁が、松江に信頼を寄せていた手塚敏郎を初代長官に据え、発足した。

会社設立後の松江は、沖縄の製糖会社や東洋製糖の勤務経験を持ち、沖縄の事情通だった幹部社員の藤田達一を那覇に派遣、移民募集を始めた。サイパンではサトウキビ運搬に不可欠な鉄道の敷設に取りかかった。まず、サイパンでの事業成功を目指した。

藤田は沖縄県庁に出向き、移民募集を出願。那覇港の近くで、移民会社・海外興業の業務代理人をしていた亀井捨之助という人物に求人を依頼した。沖縄の移民事業は、既に20余年の経験を積んでいた。当時は先に述べたとおり、人気があったハワイが日本人移民排斥運動で完全に閉ざされる直前だった。沖縄県庁と業務代理人に新たな移民先として示された南洋。希望者はあっという間に集まった。

南洋興発は移民搬送を北海道を事業拠点とする船会社「栗林商船」に依頼。栗林商船は国から借り受けた旧ドイツ船日高丸を手配した。元の名はノルマニア号。第一次世界大戦後、連合国側がドイツに提供させた賠償船のひとつだった。沖縄から日高丸に乗り込んだ南洋への第一陣は、大人の男性ばかり約５４０人。一行は、南洋庁が発足した直後の１９２２年６月、サイパンに到着した。

ところで船はこの時、20マイル（約32キロメートル）分のレールも積んでいた。サイパン、テニアンの鉄道のレールが、当時大分県にあった耶馬渓鉄道が使っていたものだったことが、戦後、南洋興発元社員らの親睦団体「南興会」の会報に書かれている。耶馬渓鉄道は戦時中の１９４５年に大分交通に合併され、同社の路線になったが、１９７０年代に廃線になった。現在はサイクリングロードになっている廃線跡を残すのみだが、かつては大分県中津市の中心部と県内の山間地域を結ぶ主要鉄道だった。

レールをサイパンに敷いた技師は、南洋興発の鉄道事業を最初から一貫して担当した馬場正という人だった。馬場は福岡県出身。技師であるほか、テニアンで商店も開いた人物だ。筆者は耶馬渓鉄道と馬場の関係も調べようとしたが、これは分からなかった。

南洋興発が集めた移民労働者は、１９２２年末には２０００人に達する。西村拓殖などの事業失敗でサイパンに残っていた１０００人と合わせ、約３０００人態勢の労働力で、土地の開墾と工場建設、鉄道敷設が急ピッチで進められた。

サイパンの製糖工場は１９２３年３月に完成。サイパンで最初に植え付けたサトウキビを使った製糖作業が始まった。

しかし、事業はすぐには軌道に乗らず、茎のなかに入り込んだ害虫のため、思うような収穫を得られない時期が2シーズンあった。1923年9月発生の関東大震災で、東京の倉庫に保管していた初年製造の砂糖が焼失する憂き目にもあった。

国策会社から巨額の投資を受けている事業。松江は、まさに土俵際に追い込まれた気持ちだったろうが、アメリカ留学の人脈が生きた。ハワイの糖業試験所の所長が、偶然にもルイジアナ大学留学中の同期生だった。その人の便宜もあり、害虫の天敵になるタキニットフライというハエの一種をハワイから取り寄せた。害虫に強い品種も台湾から導入し、徹底した対策を試みた。

1925（大正14）年、3回目の製糖作業で、南洋興発の砂糖生産量は前年度の2・5倍に膨らみ、松江にとっても「合格点」だった。害虫問題を克服した松江は南洋の事業成功を確信した。

サイパンのサトウキビの収穫と製糖作業を軌道に乗せた南洋興発。会社の目はすぐ、隣のテニアンに向けられた。

1926年2月、南洋興発は臨時テニアン調査課を設け、藤田をリーダーに、若手社員らが現地調査を始めた。開墾可能な土地の広さと起伏を測量。農場と工場の場所の選定に取りかかり、さらに、サトウキビの運搬鉄道のルートも検討した。

この年の8月には、農作業用の荷車を引く牛約250頭をサイパンから船でテニアンに運び、牧場をつくって飼育を始めている。荷車はカレータと呼ばれ、農作業のほか生活雑貨の運搬にも欠かせないものだった。

カレータは主に動物が引く荷車を指すスペイン語。コスタリカなど中南米で使われる言葉だ。筆者の推測になってしまうが、南洋でも日本時代以前から牛車をそう呼んでいたのだろう。牛とカレータは農家の貴重な戦力。南洋興発は牛の使役動物としての能力にもこだわり、会社の牧場で作業訓練をつんでから農家に渡した。

1926年10月、南洋興発はテニアンで喜多合名が持っていた農地の借地権を30万円で買い取り、テニアン島の開墾可能な土地のほぼ全てを手に入れた。

労働争議と共栄会

テニアンの製糖業の話に入る前に、もうひとつ、サイパンで起きた出来事を説明する必要がある。労働争議だ。

沖縄から入植した移民農家のなかには、サトウキビ栽培が本格化すると、賃金や待遇で本土出身者との間に差別があると不満を訴える人が出てきた。これに沖縄出身者の多くが同調し、1927（昭和2）年1月、5回目の収穫時期にストライキに発展した。サイパンの沖縄移民はすでに3500人を超え、農場の中核になっていたので、南洋興発は数日間、収穫と工場操業をすべてストップする事態になった。ストライキは事業が軌道に乗り始めたばかりの会社に打撃を与えた。

後にサイパン沖縄県人会の中心人物になる仲本興正（1891年生）のように、農家以外の支援者も現れた。仲本は警察官（警部補）としてサイパンに来た人である。争議の仲裁を期待されたのだが、着任後、当事者の話を聞くうちに、農家の訴えに共感し警察官をやめてしまう。そして、農場の沖縄県人の結束に奔走した。

争議には、世界的に労働運動が盛んだった時代背景もある。日本でも、大正時代後半を中心に都市で労働争議、農村では小作争議が多発した。

サイパンでのストライキに慌てた会社は、民間人有力者らに仲介を要請。農家側と労働条件などを話し合う場を設けることを約束し、争議を収束させた。そして2年後の1929年、「共栄会（蔗作共栄会）」という組織がつくられた。労使が人を出し合い、サトウキビの買い取り価格や賃金などを決めることになった。農家の不満が露呈した南洋興発だったが、共栄会はその後、事業を安定させる効果を生んだ。南洋興発のある社員は戦後、「共栄会は会社が発展し、労働者を管理する基礎になった」と回想している。

一方、南洋庁は共栄会発足とタイミングを合わせたかのように1929年、南洋群島治安警察規則という、政治行動を取り締まる規則をつくった。集会開催を厳しく規制したほか、秘密結社の結成や加入に対し、6か月以上1年以下の禁錮を科すことを定めた。

農場ではその後も会社への不満を訴える人はいたが、争議は沖縄以外の人はもちろん、沖縄移民も大半の人は関わりを避ける、一部の人たちの問題になっていった。

ところで、この共栄会。会社の第一の狙いは農家の反発を抑えることだったが、労使双方でサトウキビ価格を協議する場ができたことは、世界の砂糖の歴史のなかでも、かなり画期的な出来事だったのではないかと、筆者は考えている。

アメリカ大陸やカリブ海沿岸で発達したサトウキビのプランテーションが、奴隷制度、奴隷貿易と深く結びついていたことは知られている。南洋興発が事業を始めた頃も、奴隷制こそ昔の話になっていたが、農家、工場労働者を厳しく管理する状況は同じだった。ハワイでは19世紀にサトウキビのプランテーションが発達したが、そこには「ルナ」と呼ばれる、ポルトガル人などのムチを持った現場監督がいた。同じくプランテーションが発達した南太平洋の英領フィジー（現フィジー共和国）でも、19世紀後半、契約労働者が過酷な労働を強いられた。

サトウキビは一度切ると、すぐ糖分の減少が始まる。そのため収穫したサトウキビは、すぐ生産工程に乗せることが求められる。刈り取ったらすぐ工場に運び、素早く汁を煮詰めるスピードが大切なのだ。加えて収穫は重労働だ。つまり、サトウキビの収穫は「重労働で、モタモタが許されない」作業と言える。

非人道的な奴隷制度やムチを持つ農場監督の登場は、労働者の人権が全く無視されていたことが根底にある。決して繰り返してはいけない歴史の悲劇だ。ただ、作物としてのサトウキビの特徴も問題を生んだ一端にあった。

サイパンの労働争議のなか始まった南洋興発のテニアン進出。争議収束で加速化していく。

再び山形移民

「ある日、兄が小さなかわいい子豚をとらえてきた。私はそのかわいい赤ちゃん豚を見てすごく喜んだ。朝になって、父の「豚の親子が庭にいる」という知らせで、私も飛び起きて出て行ってみた。間違いなく、夕べの親子である。母がゆでたイモをやると、実においしそうに食べる。すっかり母と仲良しになった。子豚は黒チャンと名付けられて、私の一番の仲良しの友だちになった」（筆者が字句を一部修正）

これは南洋興発が募集した開拓移民団の娘として、山形から両親、兄らとテニアンに渡った菅野静子（1926年生、旧姓・三浦）が、当時の思い出を綴った『戦火と死の島に生きる』（1982年初版、2013年に改訂版出版）の文章だ。

三浦一家が横浜から近江丸という船でテニアンに到着したのは1927（昭和2）年1月だ。椰子事業の失敗で三たび無人島状態になり、南洋興発が開発に乗り出したテニアン。三浦家は、そのテニアンに入った最も初期の移民だった。

10年近く前、同じ山形県出身者たちが開墾を試みたとはいえ、島は再びジャングルに戻っていた。入植者の最初の仕事は、やはり樹木の伐採だった。ナタ、オノで木を切り、切った木は乾燥させて燃やす。そして、土を掘り、土地をならす。テニアンでサトウキビの植え付けが始まるのは1929～1930年のシーズン。三浦一家ら初期入植者は、植え付け開始までの2

〜3年間、ひたすら木を切り、畑を広げていった。

豚の親子と仲良くなったという冒頭の文章は、本に書かれた入植直後の三浦家の生活のなかで、数少ないほほえましいエピソードだ。

ただ本には、最も初期の入植者だからこその経験も書かれている。

草のなかの窪地を掘ると、「必ず白骨が出てきた」とある。彼女は妹の子守をしながら、白骨を集めて遊んでいたという。母親は、昔の動物の骨だと説明していたが、人の頭蓋骨が出てきたこともあった。「母は骨を受け取り、たくさんの枯れ木を積んで焼いた」と記されている。

筆者は、かつて島にいた古代チャモロ人の骨だろうと推測する。しかし、入植したばかりの三浦家にとって、かつて島にいた人のことなど、ほとんど知るよしもなかったろう。

子どもから頭蓋骨を受け取った母親は、何とも言えない気持ちだったに違いない。

お菓子をめぐる思い出も書かれている。

移民たちの元にも、数か月に一度、故郷から船で荷物が届けられた。三浦家にも山形から日用品や食品が送られてきたが、そのなかに青カビだらけのビスケットが入っていた。子どもたちはカビもお菓子の一部と思っていたので、歓声を上げながら大喜びして食べていた。母は青カビをなめている子どもたちを見て、涙を流していたという。

ところで、入植した人たちに、なぜ再び山形県出身者が多かったのか。

ひとつは、松江春次が移民の募集先として、自身の出身地の東北地方に目を向けたことがある。

テニアンの開墾が始まった時期は、サイパンが争議問題の真っ最中で、会社は入植者選びに神経質になっていた。一時的だったが、南洋興発は沖縄出身者を避けようとした。松江著の『南洋開拓拾年誌』には、当時の内務省がまとめた小作争議の地域別件数で、件数の少ない鹿児島、福島、山形、それに岩手を新たな募集地に決めたと記されている。

会津出身の松江は東北人の気質を、当然よく知っていた。北国の人間が南国の作物を栽培することについて否定的意見もあったようだが、『拾年誌』のなかで、「堅実な気風は、必ずや南洋においても良好な成績を挙げ、南国の人たちと良い調和を見せるであろうと確信した」とある。

もうひとつ、山形県出身の南洋興発社員、小関憲太郎という人の存在がある。椰子事業で開拓団を募ったのが山口百次郎だと書いたが、南洋興発の入植者募集は小関だった。

「南洋興発の社員が来た。南洋というところは、とても素晴らしいところだ。金が木になるように儲かっておもしろいところだが、行ってみないか。毎日誘いにやって来た」

「母はそんな甘い話に乗らなかったが、（小関は）鉄筋コンクリート建ての立派な小学校、美しい椰子の木が茂っている商店街など何枚かの写真を母に見せた。母も立派な小学校の写真を見て、すっかり安心してしまった」

『戦火と死の島に生きる』には、山形で両親が、南洋興発の社員から熱心に開拓団に誘われたことが書かれている。

夕刊 山形新聞

農、藏、遞三省間の
問題化した自農案
各立場を異にして折り合はず
首相の裁斷も困難

町村毎に
選擧區を設置
西村山郡町村會で問題
保留して研究する

河野正義代議士
民政黨脫黨
濱口氏へ正式に届出で

廣津柳浪氏逝去
昨夕享年六十八歳

主基齋田供納米
無事に輸送
男女奉耕者に護られ
博多驛から京都驛へ

本縣町村長會
各種協議事項
十八日は役員會
十九、二十日は總會

原野一町歩
三ケ町村で爭ふ

馮玉祥氏
近く來朝か

村はさびれ行く
續々と海外へ渡航
何れも借財に苦しんだ末は
南洋へ！南洋へと

短刀突きつく
覆面の強盜

山高對米高

妥協はすれど
奉天派野心

鶴岡遊廓移轉
意志表示

南洋移民の増加を伝える1928（昭和３）年の山形新聞

本のなかでは募集をおこなった人の名が「大関さん」と書かれている。しかし戦後、南洋興発元社員の親睦会の会報『南興会便り』には、山形で移民募集した小関（１８９６年生）本人が、当時の思い出を書いている。また、当時の山形新聞の記事でも、移民募集した人の名を「小関」と記しているので、三浦一家を勧誘したのは「小関」だとして、話を進める。

『南興会便り』の寄稿文によると、小関は現在の山形県天童市の出身。南洋興発に入社する前、東京で英語を学び、フィリピンに渡航。現地で麻事業を営む南洋殖産に就職した。ところが、南洋殖産の経営が傾き、ほとんど金も持たずサイパンに向かった。

小関がサイパンの南洋興発の事務所を訪ねると、偶然松江春次がいて、その場で面談を受けて採用が決まった。その後、故郷で移民を集めるよう指示され、小関は雇ってもらった恩義を感じていたので、山形での募集に奔走した。これが、小関が山形で移民を呼びかけた経緯だ。

1928（昭和3）年10月の山形新聞。「小関なる者が海外移住をすすめ、男女七十名が南洋サイパン島、テンイヤン（テニアン）に出稼ぎすることになり」（筆者が字句を一部修正）という記事が出ている。見出しは「村はさびれ行く　続々と海外へ渡航」。山形では、南洋移民が地域のニュースになっていた。


本には、テニアンに到着した母親が怒っていたことも書かれている。立派な学校や病院があると言って、写真まで見せられたので来た一家だが、「そんなものはどこにあるのだろうかと母はいぶかった」と記されている。

これは筆者の推測なのだが、母親が見せられたのは、小関が南洋殖産の社員として駐在したフィリピンの写真だったのではないか。筆者はそう思っている。

当時のフィリピンには、マリアナ諸島より早く日本人移民がいた。なかでも最も賑わっていたダバオには、大正時代末期、それこそ当時としては「立派な」小学校や病院があった。その頃はフィリピンも、南洋の一地域として扱われていた。小関は、熱心さのあまり、フィリピンの日本人学校や病院の写真を使い勧誘した。それが筆者の見立てだ。

うその写真を使った移民勧誘。現代なら裁判沙汰のケースかもしれない。

ところで、喜多合名の椰子事業の時、野牛、野豚がところ狭しと歩き回っていたテニアンだったが、この本に野牛の話は出てこない。先にも述べたとおり、南洋興発は日本人の入植前に社員らが人や作物に危害、被害を与える動物を駆除していたのだ。会社も、入植者の最低限の安全を考えていたのだろう。

南洋興発がテニアンに進出する直前、島の野豚でハムを製造しようと考えた日本人がいて、その人が事業には失敗したが、豚を大量に捕獲したことも分かっている。

テニアンの入植者は、サトウキビの植え付けが始まる1929年時点で約500世帯になった。

ある福島移民の思い出

1928（昭和3）年3月、福島県・猪苗代湖の近くにある上戸駅。春が近いとはいえ、まだ雪に埋もれた会津地方の小さな駅舎で列車を待つ家族がいた。

大きな荷物を抱えた父親と母親、そして子どもたち。長女はまだ尋常小学校1年の山崎コウ（当時は斎藤、1920年生）。横浜までの切符を手にした一家が向かうのは、熱帯の海が広がる南洋群島だ。海外渡航を前に両親が緊張をのぞかせるなか、子どもたちは太陽が輝く国に行くのだと言われ、むしろ、わくわくした表情を見せていた。

2011年、筆者が千葉県鋸南町に住む山崎を取材した時、山崎は既に90歳を迎えていたが、とても元気で、当時のことを具体的に記憶し、人の名前もフルネームで覚えているのに驚かされた。彼女は1938年に家族とテニアンを離れ、東京に戻ったが、筆者が直接話を聞いた元入植者のなかで最も初期の開墾時代を知り、島にいた人でなければ分からない情報をたくさん教えてくれた人だ。

「母親は南洋に行くのを不安に思っていたようだけど、私は小さかったから不安なんか何も感じなかった」

「船がサイパンに着くと、赤いふんどしをした裸のカナカ族（カロリン人）が待っていて、子どもが船から降りるのを手伝うんですよ。入れ墨みたいなのをしている。ぶっきらぼうだから、大抵の子どもは泣いてしまう。でも、私は小さい時から根性があったので、怖いとは思わなかった」

山崎の父親は、昔の父親にありがちな、なんでも一人で勝手に決めてしまうタイプだった。軍の警備隊に所属し、樺太や台湾に赴任していたが、故郷の福島に帰った時、南洋興発の移民団募集のボスターを見て、妻にも相談しないまま、南洋行きを決めてしまったという。

「南洋なんてどこにあるかも知らないところに行きたくない」と抵抗した母親だったが、最終的には強引な父に引っ張られ、渋々従ったという。一家が到着した1928年のテニアンは、島を覆っていた一面のジャングルが少しずつ畑に変わり始めていたものの、まだサトウキビの栽培は始まっていなかった時期。家族を待っていたのは、やはり樹木の伐採だった。

山崎コウ（2013年に千葉県鋸南町で筆者撮影）

先に紹介した三浦家と少し違うのは、テニアン上陸時に、会社から2人の人夫とカレータ、牛1頭、豚2頭を与えられたことだ。動物や用具は会社への借金だったはずだが、とりあえず作業に必要なものが用意されていたのだ。人夫の2人は沖縄と福島の若者だったという。父親は2人と一緒に1週間くらいかけて、平屋の小さな家をつくり、すぐ伐採作業に入った。部屋は家族用に土間の8畳間。畳などない。薄い板とゴザが敷いてあるだけ。丸太のテーブルを父親がつくった。人夫2人は4畳半の相部屋だった。

「大人はナタで木を切り、切った木を、近所の人たちと協力して、一か所に集めて燃やしました。子どもも枝や葉っぱを集め、燃やすのを手伝いました。大きな根っこはさすがに掘り起こせなかったので、放っていました。遊ぶ暇なんか全くなかったですよ。どこの家も木を切って燃やすので、島の至る所から、煙が上がっていました」

両親とも、朝から晩までジャングルと格闘しているため、入植時まだ7歳だった長女の山崎も貴重な戦力で、家族の食事係だった。

南洋興発は入植者向けの最低限の食材は用意していたようで、南京米（外米）やサケ、サバなどの缶詰があったという。とはいえスーパーはおろか、雑貨店すらないなか、7、8歳の子どもが家族の食事をつくっていたというのは驚きだ。

さらにびっくりするのは、山崎が家の周りに自生している食材も使っていたことだ。パパイヤ味噌汁、パパイヤ漬物、酢の物。山崎はパパイヤ（パパイア）をあの手この手で利用した。中南米の熱帯地域原産と言われるパパイヤはビタミンが豊富に含まれるため、大航海時代以降、航海中の病気対策に利用され、世界各地に広まったことが知られる。日本でも沖縄では今も民家の庭先などに自生する身近な食材であり、主に熟す前の青い実が野菜として調理されている。小笠原でも伝統的に使われる野菜のひとつだ。

日本人が来るまで熱帯の樹木に覆われたジャングルだったテニアンだが、パパイヤは樹木に混じって、しぶとく生き抜いていたのだろう。しかし、雪の福島から来た子どもが、自分で採り、調理していたとは。

山崎によると、家の周りにはバナナやプチトマト「みたいなもの」も自生していて、これらもおかずにしたという。

彼女がテニアンに来た時は、まだ尋常小学校がなく、南洋興発が子どものためにつくった、社員2人が先生の「臨時児童教育所」があるだけだった。1年後の1929年4月、テニアン尋常小学校が開校する。ただ、山崎の家は町から離れた場所にあったため、学校まで生い茂る樹木のなかを数キロ歩くようになる。始業に間に合わせるため、朝4時に家を出た。外米はパサパサして、おにぎりにできず、ご飯をバナナの葉に包んで持って行った。

「ジャングルはトカゲがいるくらいで、怖い動物はいなかった。だから子どもでも歩くことができたんです」という山崎だが、「疲れた」と泣きだす妹をおぶって、登校したこともあったという。開拓民の子どものたくましさを感じずにはいられない。

繰り返しになるが、山崎は筆者が会った中で、最も早い時期のテニアンを知る人であり、人や出来事を詳細に覚えていた。本書では、山崎の記憶が大切な情報源になっている。

ところで、彼女の言葉として、「船がサイパンに着くと、赤いふんどしをした裸のカナカ族（カロリン人）が待っていた」と書いた。この「カロリン人」は、筆者が注釈として加えた言葉だ。

現在、マリアナ諸島の人はチャモロ人、マリアナより南にあるカロリン諸島の人はカロリン人と呼ばれている。「カナカ」はハワイ語の「人間」という意味で、現在は特定の民族を指す言葉としてはあまり使われない。

しかし戦前は、スペイン人らとの混血が進み、服を着て、顔立ちも西洋的な人を「チャモロ」、肌が黒く、半裸の生活をしている人を「カナカ」と呼んだ。カナカは今では差別語として通常使わない「土人」とほぼ同じ意味だった。カナカと呼ばれた人たちはカロリン諸島にルーツを持つ人たちで、彼らが当時半裸だったのは、同諸島が歴史的にスペインとの接触が少なく、昔の生活スタイルを残していたためだ。

山崎の言い方は戦前では正しい表現で、当時は役所や学者も「南洋にはチャモロ族とカナカ族がいる」と言っていた。これを現代的に直せば、「チャモロ人とカロリン人がいる」となる。ただ現代では、両者を区別せず「ミクロネシア人」と呼ぶのが、より一般的だ。

八丈島と与論島

テニアンの初期入植者には、2つの島の人たちも多くいた。ひとつは伊豆諸島の八丈島（現・東京都八丈町）。もうひとつは奄美群島の与論島（現・鹿児島県与論町）だ。

流人の島。八丈島が江戸時代まで、罪人の流刑地だったことは知られている。流人という、いわば「厄介なよそ者」の世話をさせられた歴史がある島。しかし食糧事情からすれば、作物の育ちが悪く、よそ者の面倒を見る余裕などない、常に飢餓と隣り合わせの島だったという。

明治時代になり、「流人の世話」から解放され、人の移動が自由になると、それまでの閉じ込められた生活のフラストレーションを発散するかのように、島民の目は外の世界に向かった。

大正時代になり、南洋が日本軍の占領地、さらに国連の委任統治領になると、八丈島の人たちは、この新たな「実質日本領」に注目した。島での生活展望がない人や、金銭問題を抱える人たちが、南洋興発の移民募集に手を挙げた。

１９２２（大正11）年に南洋庁が設置されると、日本本土と南洋群島を結ぶ航路は、役所の指示を受けた「命令航路」として充実する。南洋航路の船は、主要中継地の小笠原諸島・父島（二見港）に必ず寄ったし、八丈島も寄港地のひとつになった。南洋の情報は行き交う船とともに島に持ち込まれた。八丈島からサイパン、テニアンに多くの人が渡ったのは、自然な流れだった。


一方の与論島は奄美群島で最も沖縄に近い島だ。

今では、美しい海とサンゴ礁で多くの人を魅了する南国アイランドだが、かつては川らしい川がないため水田を思うようにつくれず、八丈島と同様、作物が育たない貧しい島だった。島の食糧は常にひっ迫し、多くの子どもが島外に売られたという。

『鹿児島戦後開拓史』（南日本新聞社編、１９９９年）と町の資料によると、与論島は奄美群島のなかで最も遅くサトウキビが伝わった島のひとつで、江戸末期だった。しかし明治以降、換金作物として関心を寄せる農家が増えた。そんな時、ある移民募集の知らせが届いた。

「南洋でサトウキビ栽培を」――。募集したのは南洋興発。１９２８年、山喜見政村長（当時は与論村）は、即座に自ら視察に出向いた。現地で好感触を得た山村長は帰島後、「テニアンに第二の与論を」と呼び掛け、同年75人の移民団をテニアンに送り込んだ。

南洋興発の募集は、前年にサイパンで起きた労働争議の影響だった。南洋興発が内務省の資料に基づき、争議件数の少ない鹿児島県を移民募集地のひとつに選んだことは先に述べた。それが与論島だった。島は突然の南洋ブームに沸いた。

与論島からテニアンに渡った人たちは、太平洋戦争で他県出身者と同様、多くの人が犠牲になった。しかし、戦争を生き延び、戦後、島に戻ってきた人たちは厳しい与論の生活と比べ、「テニアンは衣食住に不自由しなかった」「作物がよくでき、魚もとれた」と懐かしがっていたという。

村ができた

1930（昭和5）年1月23日。

南洋興発の歴史のなかでも、最も晴れがましい日のひとつだったに違いない。鉄骨3階建て、1日の原料処理能力1200トンを誇るテニアン第1工場。わずか数年前までジャングルだった島に、当時、世界的にも先端の国内最大規模の製糖工場が完成し、落成式が盛大におこなわれた。

「糖界における当社の地歩も躍進を遂げ、当社はこれから発展期に入ることになった。テニア

収穫したサトウキビをカレータ（牛車）で運ぶ人たち

ン工場の完成は、まさに南洋開拓に一新時期を画するものであった」（『南洋開拓拾年誌』、字句一部修正）

『拾年誌』の文章から、松江春次の誇らしい気持ちが伝わってくる。

工場は「月島機械株式会社」（東京都、1905年創業）が建物、機械の主要部分を請け負った。長崎県出身の黒板伝作が創業した同社は、既に台湾で製糖工場関係の多くの仕事をこなしていた。それまでの製糖業界は急速に近代化を進めていたとはいえ、機械や技術は依然外国に頼っていた。黒板はその機械設備の国産化に尽力した人だった。台湾の製糖業進出にも深くかかわっていた。

機械メーカー経営者と製糖会社経営者の関係で知り合った黒板と松江は、ともに新技術の導入に積極的で、気が合った。2人は同い年ということもあり、親交を深めていた。

最新鋭の工場がつくられたテニアン。開墾も南洋興発がサイパンで培った経験と平たんな地形が幸いし、順調に進んだ。

テニアンの農地は、最終的に4つの小作農場と数か所の直営農場に分けられるのだが、まず、島南部のソンソン地区、中部東側のマルポ地区、中部西側のカーヒー地区の開墾が優先しておこなわれ、1929年に小作農家の第1、第2、第3農場が完成した。その後、島北部のチューロ地区に大規模直営農場がつくられた。農場整備と並行し、鉄道建設も順調に進んだ。

南洋興発の資料によると、同社の開墾地面積は1929年度、サイパンが2930ヘクタール、テニアンが1882ヘクタールだった。しかし、翌30年度にはサイパン2964ヘクタール、テニアン3207ヘクタールで早くも逆転した。テニアンの最終的な開墾地は、その後つくられた第4農場やほかの直営農場も加え、7641ヘクタールになる。

島の人口も急速に増えた。山形と福島の2家族の入植の様子を紹介したが、彼らと同様、次々に入植者が来た。東北から、八丈島や鹿児島・与論島から、そして沖縄から。

労働争議で会社が一時的に募集を避けようとした沖縄だが、サトウキビ栽培を知る沖縄移民が会社にとって大切な存在であることは変わらなかった。争議が収まり「共栄会」がつくられると、会社はサイパンの沖縄出身者の一部をテニアンに移動させた。そして、沖縄でも再び募集を開始。新たな入植者が続々とサイパン、テニアンの地を踏み、農場の中核になっていった。

耕地に番号をつけ、入植者を管理した南洋興発。１９３２（昭和７）年発行の同社の『開拓記念写真帖』には、世帯主の名前と出身府県が記載してある。八丈島史研究家の對馬秀子が記載内容を分析したところ、入植者５４４人のうち沖縄県出身者が約４割の２０８人、次いで福島県が97人、鹿児島県が83人、東京府（東京都の前身）が66人、そして山形県が64人という結果になった。この5府県で全体の約95％を占めていた。また、東京府はほとんど全員が八丈島出身だったという。

南洋興発は入植に際し、同じ地域の人たちをまとめて配置しなかった。どの農場でも同郷者は分散し、複数の地域の出身者が混ざるように配置された。沖縄と山形、鹿児島と福島、沖縄と八丈島。様々な組み合わせの「ご近所さん」が、島内の至る所で誕生した。

沖縄と東北地方では、今でも言葉がかなり違う。今よりもっと言葉の違いがあったろう当時は、おそらく、ちょっとした外国人同士の感覚だったのではないだろうか。しかし彼らは、言葉や生活習慣の違いを乗り越え、開墾、サトウキビ栽培に協力して取り組むようになる。

島に誕生した広大なサトウキビ畑。会社と「小作契約」を交わした入植農家は、基本的に１戸６町歩（1町歩は約1ヘクタール）、あるいは5町歩程度の土地を借り受けた。縦横の道路に囲まれた四角形の農地。小作人は四角形のひとつの角に集まるように家を建て、計20ヘクタール以上にもなる４戸が集落の最小単位になった。

北海道は別として、日本でこれだけ広い農地は、今でも限られた場所にあるだけだ。大規模な区画整理を整然とできた理由のひとつには、無人島の時代が長く、まともな道路ひとつなかった島の歴史もある。

トタン屋根の家

ジャングルの薄暗い樹林のなかで、掘っ立て小屋のような木造の家をつくった初期入植者。しかし、島に畑が広がると、入植者の家にも変化がみられた。トタン屋根の家が増え始めた。鋼板に亜鉛をメッキしたトタン屋根は、１９２３（大正12）年の関東大震災もきっかけになり、住宅の防火対策として広まったというが、南洋では別の理由もあった。飲み水、生活用水の確保だ。川がないテニアンでは雨水が大切な生活水だった。テニアンに限ったことでないが、戦前の南洋では多くの家がトタン屋根に樋（とい）を付けて雨水を集めた。コンクリート製などの貯水槽に落として飲料水、生活用水にした。雨水を樋に流すのにトタン屋根は適していた。トタン、樋、貯水槽。おそらく南洋興発が材料や部品をまとめて本土から船で搬入したのだろう。それをカレータに積んだり、背負ったりして家に運び、取り付けるのは父親の仕事だった。

山崎コウと同じ頃、入植した八丈島出身の菊池郭元（１９２５年生）も、開拓初期の生活を筆者に教えてくれた人だ。本書では菊池の話も多数紹介する。

菊池によると、家はどこも平屋。多くの家は窓を東側につくった。年中吹いている北東の貿易風を部屋に入れるためだ。玄関は引き戸で、開けっ放しの家が多かった。

電気はないので、炊事には木炭やアルコール燃料のこんろを使った。部屋にはランプを置いていた。当初は、ろうそくが使われたようだが、石油（石油缶）とマッチを農場でも買えるようになると石油ランプが一般的になる。テニアンでも町には電気が通ったが、農場は日本時代の最後まで通じず、街路灯もガス灯だった。汚れたランプを磨くのは子どもの仕事。すすで顔を黒くしたまま、登校する子がよくいたという。

菊池の家では、各部屋に麻製の大きな蚊帳を用意していた。小学生の菊池が寝床につくと、母親は蚊帳をつるした。そして蚊が蚊帳のなかに入ると、ろうそくの火をさっと蚊にかざし、羽を燃やして落とした。

「蚊帳を燃やさず、蚊だけに火をかざすんです。母親は蚊退治の名人だな、と思いました」

優しかった母親を思い出したのだろう。菊池は懐かしそうに母親の手の動きを再現して見せてくれた。

農場には、人夫が集まって生活する家もあった。元在住者の記録によると、南洋興発が建てた粗末な小屋の６畳間に、独身者ばかり数人が寝泊まりしていたという。

ところで、各家に置かれた貯水槽は、使う時には注意が必要だった。

テニアンは、季節が雨期と乾期に分かれている。水を雨期にためて乾期に使うのだが、その間に蚊の幼虫のボウフラがわくことが住民を悩ませた。テニアンに初めて来た人は、大抵、貯水槽の水で下痢を起こす「南洋の洗礼」を受けたという。ネズミが貯水槽に入り、死んでいることもあった。水をくむ前には、ボウフラとネズミに対する警戒が必要だった。南洋興発は「一度沸かしてから使うように」と指導したようだが、火をつけることも手間がかかる。毎回、そんな面倒なことをする人はほとんどいなかったようだ。

南洋群島では日本時代の最後まで水道が整備されることはなかった。現代人にとっては当たり前の、蛇口をひねれば水が出る生活。テニアン、サイパンの人たちが蛇口のある生活を知るのは、太平洋戦争末期、米軍が島を占領し、日本人収容所にホースを使った水道が取り付けられた時だ。

サトウキビ畑と相思樹

ジャングルが生まれ変わった広々とした農場ではサトウキビの栽培が本格化していた。筆者が作業の流れを整理すると、こうなる。

まず、苗の植え付け準備。前年度の刈り取り後に残った茎や枯れ葉を集め、燃やす。男性は刈り取ったサトウキビの不要な根株を掘り起こし、取り除いた。これはかなりの重労働だったという。

植え付けはいつでも可能だが、作業がしやすい乾期の1月から6月頃にしていた。畑に溝をつくり、前年度に育ったサトウキビの茎を2節切り取り、溝に一定の間隔で植えていく。この植え付けは主に女性が担当した。小さい子を畑のすみに座らせ、作業をする女性の姿がよく見られた。

植えると1週間から10日程度で芽が出る。成育期間は10か月から1年半程度。その間、茎に土を盛って成長を早める「土寄せ（培土）」と呼ばれる作業や除草をおこなう。高さが2～4メートルになり、糖度が最大になったら刈り取る。

「テニアンの土は肥沃なので、肥やしをやらなくてもサトウキビは育った」

筆者はある人が書いたこんな文章を読んだ。渡り鳥が長年落とした糞のおかげなのだろうか。石灰岩の地盤の上にあるテニアンの土は、層は薄いのだが、多くの人が栄養分に富むことを感じていたようだ。

刈り取りはあらためて説明するが、農場全体でおこなう作業だった。子どもも働ける年齢になると参加した。刈り取りと工場の製糖作業の製糖期は12月頃に始まり、翌6月頃まで続いたという。

ところで、筆者が取材した人が、農作業の思い出で必ず口にするのが「ネズミ」だ。サトウキビの甘さにつられて現れ、茎を食べるネズミは、農家を困らせた。農場にはかなりの数がいたようだ。

ネズミの駆除は会社にとって大きな課題で、農家に退治を義務づけていた。当時の農家のある回顧録に、ネズミを捕った証拠にしっぽをちぎり、農場事務所に持って行くと、「1匹で3

銭もらえた」という記述がある。子どもたちも小遣い稼ぎで、一生懸命ネズミを追いかけた。しっぽとの交換で、米や味噌をもらえたという記述もある。

サトウキビを守るため、畑の周囲にはたくさんの防風林が植えられた。

その代表は相思樹。「相手を思う」というロマンチックな名前を持つこの木は、台湾、フィリピン原産のマメ科の常緑高木で、別名は「台湾アカシア」。5月頃に黄色の小さな花を咲かす。菊池によれば、「柳のようにしなるため、強風に強い」という。明治時代に台湾から沖縄に持ち込まれた。

モクマオウという木も植えられた。これも沖縄でも植えられていた。南洋興発は、台湾や沖縄で防風林として評価が高い樹木を南洋に持ち込んだのだと、筆者は推測している。

一方、南洋興発は南洋の代表的樹木である椰子を伐採してしまった。サトウキビの害虫がひそむ恐れがあるからだ。「二本椰子」と呼ばれた町はずれにある住民の憩いの場所で、名前の通り2本だけが残された。

樹木に関してもうひとつ。

主に町にある木なので話がずれてしまうが、南洋ではホウオウボクも多く植えられていた。インド洋・マダガスカル島原産で、19世紀に西洋人によって世界の熱帯各地に持ち込まれたとされる樹木だ。オレンジ色の鮮やかな花が印象的で、日本時代は南洋桜の名で親しまれた。

サトウキビ栽培が始まり、生活が軌道に乗ると、入植者は野菜や果物の栽培も始めた。畑には休耕地もあったし、畑の一部を自家用に使うことも認められていた。

肥沃な土が農家を助けた。トマト、キュウリ、ナス、カボチャ。こうした定番野菜のほか日本食によく合うオクラ、あるいは沖縄の郷土料理の具として人気がある「トウガン（冬瓜）」などが植えられた。自分の家で食べるだけでなく、独身者や南洋興発の社員に売りに出る人もいた。

果物はバナナとパイナップルが定番。マンゴーや、白くて甘い果肉を持つ「トゲバンレイシ」を植える農家もたくさんいた。トゲバンレイシは、「シャシャップ」の名で親しまれた。レモンもあった。現在では「小笠原レモン」「島レモン」などと呼ばれ、酸味と甘みのバランスの良さが特長の小笠原諸島の特産レモンがある。元は八丈島出身で戦前テニアンの農場で働いていた菊池雄二という人が、１９４０（昭和15）年に八丈島に戻った際、苗を持ち帰った品種だ。それが戦後、小笠原に持ち込まれ、現在の特産化につながった。

小作人は家で、カレータを引く牛のほかニワトリ、豚なども飼った。沖縄移民の戦後のある証言に「ニワトリは20羽くらい」と書かれたものがある。ある山形移民の回顧記には、「ニワトリは知らず知らずのうちに百羽、二百羽くらいになる」と書いてある。この記述は、数が多すぎるのではと思ってしまうが、日々の卵に困らないたくさんのニワトリがいたのは確かなようだ。豚は正月やお祝い事のごちそうになった。

カレータは時折修理が必要だったし、多くの荷物を運ぶため、荷台や車輪を改良する人もいた。各農場には鍛冶屋も現れた。

各農場の中心には、南洋興発の農場事務所が設けられ、「酒保」と呼ばれる、食品、生活用品の売店がつくられた。

入植者たちはそれまで、会社支給の外米と缶詰、家で採れた作物で、何とか食事をつくっていたので、食材、生活用品を買える店ができたことは大きな出来事だった。農家は酒保で、現金がなくても、南洋興発から渡された通帳を使い、つけで買うことができた。これは収穫代が入らない時期の金のやりくりに頭を悩ます農家には、ありがたい仕組みだった。島内の各農場とテニアン沖のアギガン島に計約10店舗あった。

酒保は、軍の軍艦や兵舎にある日用品の売店の呼び名だ。なぜ売店を「酒保」と名付けたのか。筆者は明確な理由を確認できなかったが、ある本によると、酒保は軍隊内務令で、「質素ニシテ品質良好、安価ナル日用品、飲食物ヲ販売スル」と規定されていた。

今もそうだが、離島は運搬費用がかかる分、物価が高くなる傾向にある。南洋興発には、本土から生活物資を大量に仕入れ、安く農家に提供する狙いがあったとみられる。

沖縄県のある県史資料には、酒保についてこんな記述も。

「生活費が入る甘蔗収穫期には、米や味噌、素麺を山と積んだカレータが酒保から列をなして家路につく光景は、南洋帰りの人々にとって、南洋の「豊かさ」を象徴する記憶として刻まれている」

テニアンの農場はまさに、熱帯の島に突如現れた「日本の里山」だった。

流れ込む沖縄移民

1932(昭和7)年時点で既に農場の約4割を占めた沖縄県出身者だが、その後、テニアンの全人口に対する同県人の割合はさらに増え、沖縄県の資料によると、太平洋戦争の頃には耕作人名簿の人数で7割を超える。

南洋に流れ込んだ沖縄移民。最も大きな理由は貧しさだった。観光客で賑わう現在の沖縄を知るわれわれには想像もむずかしいが、戦前の沖縄は貧困のどん底だった。第一次世界大戦でいったん高騰した砂糖相場は、その後大暴落し、一気に不況に陥った。移民たちが語る戦前の沖縄の思い出には、「芋ばかり食べていた」という話がよく出てくる。

「ソテツ地獄」という言葉がある。当時の新聞の造語だが、その分かりやすい表現のため、沖縄の貧しさを伝える決まり文句のようになった。裸子植物のソテツは、実や幹からデンプンがとれ、食べるには毒抜きが必要だが、沖縄や奄美群島ではおかゆなどに調理されてきた。海岸の岩場でも育つため、古くから食糧が底を突いた時に頼られる植物だったという。沖縄、奄美の人たちの命をつないだ食べ物とも言えるが、貧しさの象徴でもあった。

先に書いたとおり、米国の日本人移民排斥によってハワイへの移民ができなくなり、南洋に注目が集まったことも大きな理由だ。南洋興発が渡航費を前貸ししてくれたことも魅力だった。南洋興発にとってもサトウキビ栽培を知る沖縄移民は頼もしい存在だったので、同県からは途切れることなく南洋に渡った。

沖縄からの渡航はどのようなルートだったのか。

東北地方の移民を引率者に連れられた「団体旅行」に例えれば、沖縄移民の多くは、単身や少人数で旅する「個人旅行」だった。

それをサポートしたのは移民のあっせん業者だった。既にたくさんの移民を送った経験を持つ沖縄社会。募集業務を委託された移民会社の代理人が渡航手続きや宿の手配などを、本人に代わっておこなったり、サポートしたりするシステムをつくっていたようだ。

沖縄からサイパンへの船旅は、那覇港から1週間程度の直行便も昭和初期に開設したが、便数が少なく、多くの人は本土経由のルートを使った。

あるテニアン元在住者の男性は、自身の思い出をまとめた本のなかで、「奄美群島を経由して鹿児島まで船で2泊3日。鹿児島で旅館に2泊くらいした後、鹿児島から福岡県門司市（現在の北九州市門司区）まで汽車で向かった。船の出航待ちで3泊した後、門司港から船に乗り、神戸、横浜に着いた。横浜で2、3泊し、サイパンに向け出航した」という行程を書いている。このルートはおおむね、多くの沖縄移民に共通している。

横浜からサイパンへは途中、小笠原諸島の父島（二見港）に寄港し、1週間程度かかるのが一般的だった。筆者が大ざっぱな移動距離を計算すると、那覇からサイパンへの直行便に対し、約2倍の距離になった。サイパンから最終目的地のテニアンへは、両島を結ぶ三良丸などの名の小さな木造船に乗った。

成年男性だけでなく、例えば、高等小学校を卒業したばかりの14、15歳の少年や、結婚相手の元に向かう若い女性の一人旅も珍しくなかったようだ。沖縄を離れたことがない人の一人旅はさぞや不安だったろうと思うが、船の寄港地や鉄道の乗り換え場所には、移民あっせん業者が手配した旅館の人らが待っていた。渡航者の名前を呼んで旅館や次の乗り物を案内していたようだ。

沖縄からテニアンへの旅費は、さまざまな資料の当時の証言によると、40円から70円程度だった。現在の貨幣価値だと数十万円レベルになるのだろう。南洋興発が立て替えた旅費は、その後、サトウキビの収穫代や給与から天引きされた。

横浜からは、本土の人たちと一緒になった。役所や南洋興発の人とは、個室の「1等船客」と大部屋で雑魚寝の「3等船客」の違いがあったと思われるが、3等船客の沖縄移民は、本土の人から注目されることも多かった。

昭和初期に南洋各地を旅した、今で言うフリージャーナリストの能仲文夫という人がいた。彼の著書『南洋紀行　赤道を背にして』（1934年）は戦後、復刻版が出された。その復刻版を読むと、能仲は船内の沖縄移民の様子をこう書いている。

「暑いから無理もないのだろうが、男も女もほとんど半裸体になって、船中のあちこちに一団となり、強烈な泡盛をあおっている。そして、蛇の皮で張った沖縄特有の蛇皮線（三線）をガチャガチャ鳴らしながら、とてつもない高い声で唄っている。蛇皮線が鳴りだすと、その音に調子を合わせ、誰彼となく飛び出しては、手ぬぐいをチョコンと頭に乗せて踊り始める。その踊り方は内地人が踊るような踊り方ではない」（筆者が字句を一部修正）

この踊りは、体をくねらせながら両手を振る「カチャーシー」だろう。今では誰もが知る、祝いごとや楽しい宴の踊りだが、当時、初めて見た本土の人のなかには、奇異に感じる人もいたのだろう。文章には、多くの本土の人が抱いていた沖縄県人に対する「上から目線」も感じられるが、移民船内の様子や踊りをよく表している。

レオナルド・ディカプリオ主演の映画「タイタニック」で、アメリカに向かう船内の3等客室に大勢集まったアイルランド移民が、フィドル（バイオリン）や民族楽器を奏で、ダンスを踊るシーンがある。映画の話ではあるが、実際に豪華客船タイタニックには、裕福な米国人などの1等船客がいる一方、アイルランドなどから新天地を目指した3等船客も多数乗船していたという。フィドルと三線、アイリッシュダンスとカチャーシーでは見た目が随分違ったと思うが、3等客室の人たちが賑やかに音を鳴らし踊る光景が、どちらの船にもあったのだろう。

沖縄の人たちは当時も今と同じく、歌と踊り、三線を愛していた。南洋航路の船では多くの人がこうした様子を見ている。ちなみに、能仲の文章に出てくる「蛇皮線」は、沖縄の三線の主に本土で使われた俗称。沖縄ではあまり使われない言葉だ。

南洋興発の小作制度

ここで、南洋興発の小作制度について整理する。

南洋興発の入植者は大きく「小作人」と「人夫」に分かれる。小作人は家族構成、学歴、職歴、兵役経験の有無などを申告。会社と契約を結び、6町歩（約6ヘクタール）または5町歩程度の土地を貸与された。

会社の直営農場で1町歩だけ与えられる、「準小作人」または「一町農」と呼ばれる人もいた。単身者や子どものいない夫婦が多く、小作人の試用期間の意味もあった。

小作人は会社がサトウキビの収穫量に対して支払う「原料代金」が基本収入。刈り取りや運搬などの個別作業に対する賃金もあった。栽培した野菜や果物を町の人に売り、副収入を得る小作人もいた。一方、支出はまず会社に支払う小作料。住居費、家畜・農具代などもあった。テニアンへの渡航費なども会社が立て替えていたので、その返済もあった。

会社と小作人の金のやりとりは、すべて会社が管理した。筆者が見ている小作契約書の資料には、小作人がサトウキビ収穫の「100分の17」を小作料として納付することが書かれている。一方、会社は諸経費を精算したうえで「7月末までに」支払うとしている。小作料と会社への借金返済の負担はもちろん小さくなかったが、借金は現在の住宅ローンのように何十年にもわたるものでなく、大半は数年内に返済できたようだ。

一方、人夫は土地を与えられていない作業員だ。

農家の仕事は現代と異なり、機械が導入されていないので、6町歩の作業を家族だけでおこなうのは無理だった。小作人は人夫を家の小部屋などに住まわせ、一緒に作業に当たり、自分の収入から賃金を出した。会社直属の人夫もいた。独身者には人夫として島に来て、その後結婚して準小作人、小作人になっていく人もいた。

ところで、小作人とは小作料を払って土地を耕作する人のことだが、一般には耕作する法的権利＝小作権を持つ人を指す。南洋興発が小作人と呼んだ人たちは、実態は会社に雇われた農業労働者だった。小作権を持っているわけではなく、通常の意味の小作人とは違う。彼らは小作人、準小作人という肩書を持つ南洋興発の「契約社員」「契約労働者」と考えた方がよさそうだ。

南洋興発も後に小作人という言葉を使わなくなり、「蔗作人」「耕作者」などと呼ぶようになった。人夫は「作業夫」とも呼んだ。会社の呼び方も一定していない。

町ができた

テニアン町（昭和10年代前半か）

1933（昭和8）年9月、自信に満ちた表情の約30人の男たちが集まった。テニアン町商業組合が設立された。

サトウキビ栽培が始まり、製糖工場が稼働したテニアン。島南部の海岸エリアを中心に経済が急速に伸び、商業組合の加盟会員は100以上になる。

島南部の海岸近くは日本人の入植が始まった頃、タガ遺跡とスペイン時代の建物の残がい以外、ほとんど何もない場所だったが、その一角に1927（昭和2）年8月、具志幸助という沖縄・名護の出身者が雑貨商店・具志商店を開いた。南洋興発元社員で戦後、テニアンの日本人社会に関する多くの記録を残した阿部興資の文章によると、具志商店がテニアンの商店の草分けだ。

南洋興発が工場建設や鉄道敷設に着手した1928～29年、海岸エリアには工事関係者の住宅や彼らが利用する店が並び始めた。海岸周辺は「ソンソン」「ソンソン街」などと呼ばれた。ソンソンとはチャモロ語で「村」という意味だ。

ソンソンには製糖業と直接関係のない人たちも現れた。沖縄の「ウミンチュ」だ。

明治時代に発展し、外洋を目指すようになった沖縄漁業。1910年代、玉城松栄という現在の糸満市出身の漁師が、海軍が占領した南洋群島の海域で操業を始めた。その後、南洋群島が日本の委任統治領になったことと不況の深刻化から、沖縄の漁師は船団を組み、カツオ漁などで南洋を目指すようになった。「南洋は風波が穏やかで漁がしやすい」と評判だったという。

ウミンチュは沖縄の言葉で、漁師など海に関わる人を指す。ソンソンにはウミンチュの家が建ち並ぶようになった。糸満を中心とする沖縄本島のほか、慶良間諸島などからもやって来た。南洋興発の工事関係者と商店、ウミンチュでソンソンは一気に賑やかになった。海沿いの道は「海岸通り」と呼ばれた。

1929（昭和4）年以降、海岸エリアには学校や公共機関も建ち始めた。

同年4月、海岸から坂道を登った見晴らしのよい場所にテニアン尋常小学校がつくられた。同年12月には郵便局もつくられた。1938年に鉄筋2階建てに建て替えられる郵便局も、この時は平屋の小さい建物だった。それでも郵便というテニアンと本土、沖縄を結ぶ通信手段ができたことは、島の人を喜ばせた。日本時代の最後まで銀行がなかったテニアン。為替を扱い、故郷に送金できる郵便局は大切な金融機関でもあった。

　1930年3月には、南洋庁サイパン支庁警務課のテニアン派出所が設置され、河野明という宮崎県出身で沖縄県赴任歴が長かった警部補が着任した。警部補は警察官であると同時に、衛生管理や生活指導も担う島の行政官だった。

　貿易会社・南洋貿易が、テニアンに大型売店を出したのもこの頃だ。本土から生活雑貨を運んでいた同社は、群島各地に売店を出し、「南貿」とも呼ばれていた。元住民の菊池郭元によると、デパートのような存在だったという。近くには酒保もあり、食品、衣類など生活に必要なものが、ほとんど南洋貿易と酒保で手に入るようになった。

　これらの建物が建ち並ぶ通りはその後、「スズラン通り」と名付けられる。海岸エリアに沖縄出身者の店が多かったのに対し、スズラン通りと周辺は、本土出身者が多い傾向にあった。菓子屋、時計屋、自転車屋、床屋、歯医者…。海岸からスズラン通りにかけてのエリアには、さまざまな店が軒を連ねるようになる。

　1932～1933年、南洋庁は市街地の区画整理事業を本格化させ、ソンソンはテニアン町と改名。南洋庁サイパン支庁テニアン出張所が新設され、町の中心部近くに真新しい庁舎がお目見えした。

「町ができた時は、とても嬉しかったですよ。子どもの足で1時間くらいかかりましたが、近所の子ども同士で行くことがありました。月1回くらい、サトウキビ工場が機械洗浄のため、製糖作業を休みにする日があるんです。その日は親の手伝いをしなくていいので、親が特別にお小遣いをくれて、町に行かせてくれました。

私のお小遣いは、たしか50銭だったと思います。15銭で映画を見て、15銭で沖縄そばの店でご飯を食べる。残り20銭はアイスキャンディーを買ったり、自由に使いました。朝から出掛けて、帰るのは夜。いつも親の手伝いばかりで、サトウキビに囲まれた生活でしたから、子どもだけで町に行くのは、とても楽しかったです」

戦後、沖縄県の旧石川市（現うるま市）で市長を計7期務めた平川崇（１９２７年生）は、開墾時代初期に沖縄から入植した農家の子どもだった。幼少時代、町に行った思い出を、懐かしそうに話してくれた。


戦前のテニアンの市街地構造の調査をおこなった琉球大学・宮内久光教授の資料によると、１９３３年に２７３９人だったテニアン町の日本人の人口は、１９３８年には５１２７人、１９４３年には６１０１人に膨らんだ。

テニアンの農村は熱帯の島に出現した「日本の里山」と書いたが、テニアン町も、熱帯の島に突然現れた「日本の地方小都市」だった。

ところで、テニアン町と呼ぶと自治体をイメージするが、現在の行政組織の町とは違うようだ。行政を担うのは、あくまで南洋庁テニアン出張所。トップは出張所の所長だ。テニアン町の幹部は「総代」「副総代」と呼ばれる民間人。町の共有財産の管理や商業活動などで一定の自治をおこなった。町の協議会の委員（定数16）は投票で選ばれたが、彼らは町の民間人有力者だった。テニアン町は地名であり、行政を補佐する組織名だった。筆者は現在の町内会、自治会のような存在だったと考えている。

寺と神社、幼稚園

戦前、海外で多くの仏教宗派が布教活動をおこない、僧侶（開教師などと呼ばれた）が派遣されたことは知られている。ハワイの浄土真宗などが代表的事例だが、日本人人口が急増した南洋群島にも寺が建てられた。

テニアンでは１９３０（昭和５）年、浄土真宗本願寺派の「本願寺」ができた。住職は静岡県出身の岩佐昭雄。岩佐住職は１９３３年、寺に「テニアン幼稚園」も併設した。

園児の大半は南洋興発社員や役所関係者の子で、農家の子はほとんどいなかったようだ。とはいえ、本土でも幼稚園が普及したのは大正時代後半だという。昭和初期、南洋の島に幼稚園があったことは注目に値すると感じる。南洋群島で暮らした沖縄移民の体験談をまとめた『はじまりの光景』（森亜紀子著、２０１７年）には、幼稚園の元保母の証言が紹介されている。それによると、幼稚園は主に午前中で、リズム遊びやお絵かき、紙芝居などをおこなっていた。園児が帰った後の午後、保母たちは教材研修をしていたという。

１９３２年には春海寺（当初は春海堂）という曹洞宗の寺もできた。寺をつくったのは、東京・荒川区にある円通寺の住職で、当時曹洞宗の開教師だった乙部呑海。乙部住職は中国、インドなどの仏教遺跡を回っていたが、春海という娘を病気で亡くした。娘の供養も込め、開教師を任じられた南洋に寺を建てることを決めたという。曹洞宗も浄土真宗と同じく、戦前、海外での布教が盛んな宗派だった。乙部住職のテニアン滞在は一時的だったが、太平洋戦争の時代になると、北米に派遣された経験を持つ黒岩義孝が寺を継いだ。

本願寺と春海寺。テニアンの2つの寺は、島の文化人が集まる場所でもあった。太平洋戦争の時代になると、犠牲者を供養し、肉親を亡くした人の心の支えになった。

神社も戦前、海外植民地や日本人移民先に造営されたが、南洋にもつくられた。

1933年、テニアン尋常小学校近くのホウオウボクとモクマオウの林の一角に、発足間もないテニアン町の鎮守として、テニアン神社（正式な表記は天仁安神社）がつくられた。

宮司は野元静馬。詳しい人物像は筆者の取材では分からなかったが、元在住者の菊池は、野元宮司について「町の顔役で、顔立ちや服装も百姓とは違う。テニスの上手な人」と記憶している。

七五三、入学式、スポーツ大会の結果報告。元在住者にテニアン神社の話題を向けると、思い出話が次々と飛び出してくる。テニアンでは戦争が近づく時代に、新たな神社が複数つくられ、神社と戦争の思い出が微妙に交差することになる。しかし、このテニアン神社に関しては、元在住者の大半が、まだ戦争を感じていなかった時代の懐かしい場所として記憶している。神社の祭りについては、後であらためて述べる。

宗教関係ではこのほか、天理教の布教で来島した人もいた。１９７５年発行の『天理教伝道史10』によると、栃木県出身の「高橋ひで」という女性だ。天理教も当時、海外伝道に積極的だった。伝道史によると、高橋は天理教の学校を卒業し東京での布教活動後、１９３１年にテニアンに渡航。１９３７年に教会を設立した。

当時のある出版物には、天理教は南洋群島で島民（チャモロ人、カロリン人）を対象に布教したと書いてある。

ただ筆者の取材では、高橋とみられる女性が、天理教と関係ない、映画館の人として登場してくる。福島移民の子として紹介した山崎コウによると、天理教の関係者の女性が、町にできた映画館「地球劇場」で、客の呼び込みのようなことをしていた。

山崎は、女性を「天理教のおばさん」として記憶している。映画を見たいと思いながらも、金がないので映画館の回りをうろうろしていた子どもの山崎。「お姉ちゃん、拝んだら、ただで見せてあげるよ」と声をかけられた。山崎も拝んだふりをして、よく映画を見せてもらったという。

地球劇場は、沖縄芝居小屋「球陽座」とともに後にあらためて紹介する。

南洋の宝島

「テニアンは、サイパンやロタと共に砂糖の生産地で、「南洋の宝島」と言われています」（旧字体など筆者が修正）

戦前の尋常小学校のある国語読本に載っていた、南洋群島の地理や生活を紹介する文章だ。わずか10数年前まで無人のジャングルだったテニアンは、「宝島」と呼ばれるほど大変貌を遂げていた。

テニアンの製糖業は、1935（昭和10）年前後の数年間、最も勢いがあった。

南洋興発関連の資料によると、テニアン島の1930年度の砂糖生産量は6769トン、1934年に第1工場と同じ生産能力を持つ第2製糖工場もつくられ、1935年度には4万3708トンに増加。5年間で6・5倍になった。

日本本土への商品の輸送には、「出港税」という税金がかけられた。南洋興発が生産する砂糖などの出港税は、1932年度、南洋庁の収入の約3分の2を占めるまでになった。南洋興発にも産業奨励金という補助金が交付され、南洋庁と南洋興発は互いに支え合う関係になった。

両者の密着ぶりは、本来、私企業である南洋興発の国策的イメージを膨らませているが、会社関係者、そして松江春次は、南洋の産業を育て南洋庁の財政を自立させたことを、最も誇りにしていたという。

飛躍的に伸びた砂糖生産量。耕作地の増加が大きな理由だが、同じ量の原料（サトウキビ）が生み出す製品（砂糖）の量が増えたことも大きい。

単位重量あたりのサトウキビから製糖工場で回収される砂糖の割合は、「歩留（歩留まり）」という値で示される。南洋興発が1925年の3回目の製糖作業で事業化に成功した時、歩留は7・87％だった。これが1930年度には10・46％になる。

1940年のテニアンの地元新聞に、島の製糖工場で歩留1割8分3厘9毛を達成し、「南洋糖業に不滅の精彩を放つことになった」という記事が出ている。サトウキビの先端研究をおこなっている国際農林水産業研究センターの熱帯・島嶼研究拠点（沖縄県石垣市）によると、この数字が本当であれば、「現代と比較しても大変高い数字」という。

歩留がどうして伸びたのか。

品種改良を積極的に進めたことがある。松江自身が日米両国で最先端の製糖技術を学んだ人であり、入社した技師にも、理系エリートが多くいた。会社は、チューロ地区にある直営農場に「南進寮」という、現在で言えば研修センターのような施設をつくり、そこで社員教育とともに、試験栽培に熱心に取り組んだ。

機械化にも積極的だった。南洋興発が当時製作した事業紹介の映像で、農場の一場面に映っている耕運機のような機械に「Caterpillar（キャタピラー）」の文字が見える。キャタピラーは米国の建設機械大手企業。20世紀前半から産業界で頭角を現していた。ルイジアナ大学への留

サトウキビの刈り取り競技会

学経験がある松江は、米国企業にも通じていたのだろう。

ほかにも理由があった。南洋興発は農家同士の競争をあおった。

既に述べたとおり、サトウキビは、切り取るとすぐに糖分の劣化が始まるため、迅速な作業を求められる。農場では、刈り取り作業の速さを競う競技会が頻繁に開かれた。刈り取ったサトウキビは葉を鎌で落とし、裸の棒状の茎を束にまとめて、カンカン場（看貫場）で会社側に渡す。競技会は束の数を競わせた。順位が付けられ、上位者は表彰された。

松江著『南洋開拓拾年誌』によると、農家同士の競争は、「原勝負（ハルスーブ）」の名で、沖縄県で考案された。この本で松江は、原勝負の手法を南洋興発の農場に取り入れたことを明らかにしている。会社は畑の整備や家畜の管理、堆肥の出来栄えなど、あらゆる作業を対象に審査会をおこない、順位を決めた。

本番の収穫作業は競技会以上の激しい競争だった。

農家の主な収入は、自分の畑の収穫量に対する原料代金のほか、個々の作業に対する賃金があることを述べた。カンカン場に持ち込まれたサトウキビの束は、束数と重量が記録され、賃金が決められた。収穫作業は、その年の収入を左右する農家にとって真剣勝負の場だった。

男性も女性も関係ない。赤ちゃんがいる母親のなかには、赤ちゃんを帯でサトウキビに結んで、作業に参加した人もいたようだ。子どもも、ある程度の年齢になれば、貴重な戦力だった。

会社は競争をあおるため、刈り取り作業のスケジュールを事前に伝えず、直前に場所を指示したという。農場には収穫時期、「監督」と呼ばれる農務事務所の社員が現れた。監督は、サトウキビの糖分を推定する「レフラクトメーター」という測定器を持ち、糖分が最大になったと判断すると、作業開始を指示した。

「きょうは○番の○さんの畑を収穫します」

そんな声が突然かかる。農家は準備している作業道具を持って、一斉に外に飛び出し、駆け足で畑に向かった。

筆者は、沖縄出身の小作人の子だった平川崇から、個々の家の刈り取りの多寡を決めるのは、子どもの「足の速さ」も重要なポイントだったという話を聞いた。

刈り取り作業は家族単位でおこなう。作業場所は畑の奥よりも道路沿いの外側がよかった。

奥は暗いし、ハチや虫も多く、作業効率が悪いからだ。どの家族も外側の畑で作業をしたがった。ただ大人は道具を持っているし、合図があっても、がむしゃらに走ったりはしない。その家にとって有利な作業場所の確保は「全力ダッシュする」子どもの役目だったというのだ。子どもたちが一斉に作業場所に走り、先頭の子は得意気に親を招き入れる。最後の方の子は悔しそうにしている。そんな光景も目に浮かぶ。

刈り取りを有利な場所でおこなうかどうかは、当然、刈り取り量と賃金に直結した。南洋興発があおった競争は、子どもをも巻き込んでいた。

ただ、南洋興発の農場は競い合いだけではなかった。常に競争を強いられた農家だったが、いがみ合うようなことはなかったという。

農家は収穫作業が終わると、互いの労をねぎらい合った。

八丈島移民の子、菊池郭元は「農家には「みんな貧しい者同士」という、ある種の連帯感があった」と説明してくれた。沖縄、東北、八丈島。別々の土地から集まった人たちだったが、南の島の農場では、ひとつの運命共同体だった。

「人夫も家中みんな出て、豚肉、天ぷら、魚と沖縄料理が並ぶ。泡盛焼酎が回ると、沖縄蛇皮線で踊りが出る。沖縄県の人は男女みなさん蛇皮線に合わせて歌踊りで賑やかになり、これに合わせて夜遅くまで楽しむのは何よりの娯楽であった」（筆者が一部、字句修正）

椰子事業で紹介した山形移民の子、石山正太郎。一家は山形に帰らず、その後サイパンに移っていた。石山は自身ら東北の人たちが沖縄の三線に合わせ、一緒に踊った様子を回顧録に書いている。この文章は厳密には石山がいたサイパンの出来事だが、テニアンでも同じような光景があったはずだ。

12月頃から翌年6月頃まで長期間続く収穫作業。作業終了後には、どの農場でも農家がごちそうを持ち寄り、子どもも交えて記念写真を撮った。

話が少しそれるが、収穫後などには、仲間同士で金を融通する「無尽」「模合（もあい）」がよくおこなわれた。今も山梨県などでよく見られる無尽や、沖縄県などでおこなわれる模合。現代では親睦会の側面が強いが、当時の南洋では貴重な「民間金融機関」の役割を担ったようだ。

牛を買う。徴兵検査を受ける息子が服を新調し、本土や沖縄に一時帰郷する。参加者が金を出し合い、あらかじめ決めたタイミングでまとまった金を受け取る無尽、模合の仕組みは、こうした出費を助けたようだ。

1934年8月。松江春次の銅像がサイパンのガラパンに建てられた。南洋の産業発展に対する松江の功績をたたえるためで、費用は会社の役職員らが捻出した。松江は銅像建立後、「砂糖王（シュガーキング）」と呼ばれるようになった。

テニアンが「南洋の宝島」と呼ばれた頃、移民の波は最盛期を迎えた。農家だけではない。商売を始める人、土木建設関係者、「南洋に行けば何か仕事がある」というような無計画な人まで。さまざまな人が南洋を目指した。1939年版『南洋群島現勢』（南洋庁編）によると、テニアンの日本人の人口は1万5272人になった。

徴兵逃れ

ここで、移民の話で必ず出てくる「徴兵逃れ」について触れる。テニアンの移民にも兵役を避ける目的の人たちがいた。

1927（昭和2）年公布の兵役法は移民政策推進のため、国外在住者の徴兵検査の延期を認めていた。役所に延期願いを出せば、一定期間の猶予が認められ、南洋では多くの人が延期願いを繰り返し出した。沖縄県・旧具志川市（現うるま市）が2002年に発行した市史でも、南洋移民の証言として複数の人が「徴兵逃れで行った」ことを述べている。

ただ、移民の理由が徴兵逃れだけかというと、そうでないことも、彼らの証言から分かる。沖縄の場合は、仕事がなく、食事も満足にできない人が多くいた。仕事があっても「当時の沖縄の日当は40~50銭。これに対し、南洋の日当は1円20銭」という話も載っている。

移民の理由に徴兵逃れがあったことは確かだが、市史には「沖縄でご飯をたっぷり食べられたら、（南洋に）行かなかったかもしれない」という言葉も出ている。仕事や食料事情も含めた複合的理由が、懲役逃れの実際だったようだ。

また、南洋でみんなが徴兵検査の延期願いを出していたかというと、そうでもない。サイパン、テニアンの若者には自分の本籍地、つまり親の出身地に行って徴兵検査を受ける人がいた。子どもを持つ親の多くは、子どもの入隊時などに保険金を受け取る「徴兵保険」に入っていた。

太平洋戦争の開戦後は、延期願い自体が認められなくなり、サイパン、テニアンでも徴兵検査がおこなわれた。それまで延期願いを出していた人が、みんな一緒に島内で受けることになった。そして最後は検査を受けたかどうかなど関係ない状況になった。島自体が戦場になり、民間人も一定年齢の男は全員が戦闘に参加した。

Ⅳ 懐かしき日々

スズラン通り

町

母と
島のメインストリート
スズラン通りを端から
思い出していく

一軒目は南洋貿易
二軒目は仲尾歯科
三軒目は佐々木菓子店

そして材木店のわが家
となりの大村時計店は
同級生のてっちゃん
斜め向かいは
薬屋のみどりちゃん
そして三河屋
地球劇場
大洋商店

母は町並みを
はっきり覚えている
声に出して言う
それから思い切ったように
もう一度島に行こうと言う

テニアン町で生まれ、10歳まで島で育った工藤恵美子（1934年生）が2005年に出した詩集『テニアン島』に収められた詩だ。

通り名の由来であるスズラン灯は、大正時代後期から昭和初期にかけ、京都、神戸、東京な

スズラン通り（道沿いにスズラン灯が並んでいる）

どの商店街に設置され、全国的に広まった。本土の都市でブームになった可憐なイメージの街路名が、太平洋の小島でも付けられたのだ。商店街は、スズラン灯がある南洋の新しい町をアピールした。現在おこなわれる街路整備事業は、自治体が商店街に補助金を出して進めることが多いが、テニアンのスズラン通りも官民一体の商業振興策だったとみられる。

住民が「南貿」と呼んだ南洋貿易の大型店。住民にとっては東京と同じ商品が並ぶ、本土の香りを運んでくれる場所だった。八丈島移民の子、菊池は、店の思い出を話してくれた。

「南貿は島で唯一、本が売られていた店でした。男の子が好きだった『少年倶楽部』という少年雑誌も売られていました。連載された「のらくろ」や「冒険ダン吉」は、南洋の子も知っている人気漫画でした。農家の子はめったに町に出ることがないんだけど、少年倶楽部を売っているのは南貿だけでしたから、町に行くと、いつも南貿が気になりました」

菊池少年は金がなく雑誌を買えなかった。クラスメートに南洋興発の社員の子がいて、少年倶楽部を毎号買ってもらっていた。時折見せてもらうのだが、その子が威張っているので、内心おもしろくなかったそうだ。子ども心に、南洋興発社員と農家の収入格差を感じたという。

詩には、菓子店や時計店、薬屋も出てくる。

Ⅲ章で紹介した、沖縄移民の体験談をまとめた『はじまりの光景』に、詩に登場する佐々木菓子店の元従業員女性の証言が載っている。

「あんこ入ったお饅頭とか、お餅とか何でも作っていたよ。飴玉とか、羊羹でも」

町の製糖工場の人たちが注文するので、店はいつも忙しかったという。

サイパンと共通するが、島では砂糖がつくられている。たくさんの果物が自生したり、農家が育てたりしている。島は菓子づくりにもってこいの場所だったのだ。サイパンでは山形出身の太田貞蔵という菓子職人がいた。太田は今も山形市の中心街に店を構える老舗菓子店「十一屋」で経験を積んだ人で、太田がつくる「レモン羊羹」「マンゴー羊羹」などの創作菓子は、南洋名菓として評判だった。

元在住者の記憶を元につくられた町の地図を見ると、スズラン通りと周辺には自転車屋が複数ある。自動車が普及していない時代だ。町でも農場でも自転車が庶民の足だった。通勤、通学。若者は弟や妹を乗せた2人乗りをよくしていたという。

南洋庁テニアン出張所の近くには「代書人」と呼ばれる職業の事務所もあった。島に来た人は当然、転入や店の開店、出産などを役所に届けるが、学校教育が今ほど行き届いていない時代だ。届け出に不慣れな人もいた。また、サトウキビ作業に追われる農家は役所に行く時間もなかった。本人に代わって書類を提出する代書人が住民には必要だったのだ。

ところで本書では、テニアンには主に沖縄と東北地方から入植したと何度も書いた。しかし、このスズラン通りは違ったようだ。商売のやる気に満ちた人が、全国各地から集まったとみられる。

「みられる」と書いたのは、スズラン通りの商店主に限定した資料を筆者が見ていないためだ。ただ、1931年に発行された『南洋群島解説写真帖』には、サイパンなど南洋の商業界で活躍する人たちが紹介されていて、そこに多くの出身地が記載されている。

北海道旭川市、茨城県、埼玉県、滋賀県、兵庫県、広島の厳島、福岡県。サイパンとテニアンの商店街は、同じ経営者が両方に店を出すこともあり、かなり同質の商店街だった。スズラン通りもサイパン商業界の人たちと同様、「オールジャパン」の商店街だったはずだ。

『解説写真帖』からも、スズラン通りの中心にある南洋貿易向かいの「井村商店」店主が新潟県出身であることを確認できる。詩に出てくる工藤の母親、そして父親は徳島県出身だ。

町には中国籍の人も1家族だけいた。盧祖成という福建出身の反物行商だ。福建は華僑の代表的出身地のひとつで料理が有名だが、戦前は反物の行商として多くの人が日本に来ていたという。盧は群馬県などで行商をした後、妻、娘2人とテニアンに来た。テニアンの商売の相手は、南洋興発社員の妻や料亭の女性たちだった。

娘の林崇恵（1929年生、横浜市）によると、一家はテニアンの日本人社会に溶け込んでいたが、太平洋戦争中、中国人という理由から日本兵ににらまれ、命の危険にさらされた。米軍占領後は逆に、連合国側の国籍だとして収容所で厚遇された。時代の波をかぶった家族だった。

酒保

町の中心には、南洋興発が経営する「酒保」の本店もあった。酒保は農場ごとに店を出していたが、本店は食品、生活雑貨を大量に保管し、倉庫のような店だった。

どのような商品が置いてあったのか。福島移民の子、山崎コウは南洋興発に就職し、テニアン製糖所の事務課酒保係に配属された経験を持つ。当時の生活の様子をのぞこうと、山崎に酒保の商品を聞いた。

食品棚には、まず米がある。米は1等米と2等米、それに外米の3種類に分けられた。食用

テニアン町の酒保と従業員（山崎コウ提供）

油は当時普及していた白絞油（食用菜種油）が一斗缶で売られていた。醤油、砂糖、酢もあった。本土から運ばれてくる魚の缶詰、佃煮。お菓子もキャラメル、チョコレート、せんべいが多数あった。日本酒は月桂冠などの銘柄があった。山崎は酒の種類を知らなかったが、洋酒も様々あったという。

衣料品や布生地も棚に積まれていた。

化学繊維はほとんどない時代なので、自然素材のものばかりだ。農家や工場労働者が労働用に着るシャツや浴衣は、当時「天竺」、「キャラコ」と呼んでいた生地。木綿だったという。社員、役所関係者には少し高価なもの、農家向けには割安な生地を用意していた。足袋もよく売れた。女性の下着は客が白い生地を買い、自分でつくったという。

現在のような大量生産の衣服が普及したのは戦後のこと。食品は基本的には今と大きな差はないが、衣類は時代の違いをかなり感じる。

酒保の買い物は、南洋興発の社員も小作人も、会社が通帳で管理した。酒保本店にある酒保係の部屋では、社員がいつもそろばんをはじいていたという。

水産、土木、新聞社

製糖業で「南洋の宝島」とまで呼ばれるようになったテニアン。この時期のテニアンは、サイパンとともに製糖業以外の産業も育った。水産業と土木建築業、それに新聞社について紹介する。

南洋の水産業は沖縄漁師のカツオ漁が静岡の経営者のアイデアで花開く、というユニークな展開をたどった。

テニアンに多くの沖縄漁師「ウミンチュ」がやって来たことは述べたが、南洋のウミンチュに注目した人がいた。多くの優秀なカツオ節職人がいた静岡県焼津の銀行家、庵原市蔵だ。庵原は南洋に進出した沖縄漁師からカツオを買い、焼津の技術でカツオ節を生産することを考えた。このアイデアに松江春次が賛同、1935（昭和10）年、松江が社長、実務を任された庵原が専務の新会社・南興水産が設立された。同社はサイパン、パラオを拠点に南洋の広い海域で操業を始めた。

「南洋節」と呼ばれた南洋産カツオ節は、最盛期には全国の生産量の4割近くを占めた。

しかしその後、悲劇が襲った。カツオ漁の操業海域が太平洋戦争の戦場海域と重なったため、船の大半が軍に徴用された。彼らは戦争に飲み込まれていった。


比嘉敬栄。戦前の南洋の資料で、筆者は何度この名前を目にしたか分からない。1892年、沖縄の名護に生まれる。沖縄から南洋に渡り、サイパンで小作人として入植。その後独立し、サイパン、テニアンで土木建設の下請け工事を始めた。

土木建設業者としての比嘉の活躍は、目を見張るものがある。彼が立ち上げた比嘉敬栄組（比嘉組）は南洋の多くの港湾工事や道路工事に絡んだ。テニアンの港関連施設の多くを比嘉組が請け負ったという。サイパンでは1937（昭和12）年、海軍横須賀鎮守府の指示で軍事利用を目的とした飛行場（太平洋戦争中は「アスリート飛行場」と呼ばれる）が建設されるのだが、比嘉組は飛行場の基盤工事と舗装を任された。この仕事のため、沖縄から臨時労働者約1000人を連れてきたという。

当時は水面で離発着する飛行艇がまだ多く使われていた時代。飛行場の建設は始まって間もなかった。羽田空港ですら開業は1931年（当時の名称は「東京飛行場」）だ。小作農から転身した人が専門技術を必要とする滑走路工事を、どうして請け負えたのか。知識、技術をどこで身につけたのか。筆者は不思議でならない。

比嘉は誠実な人柄で、多くの沖縄県人に慕われた。現在、那覇市に本社がある沖縄の大手建設会社・南洋土建は戦後、比嘉敬栄組の元幹部らが設立した会社だ。

テニアンには新聞社もでき、新聞記者もいた。

サイパン、テニアンの最初の新聞は、南洋興発の事業として1927年に発行された「南洋ラジオ新聞」（当時は「ラヂオ新聞」とも表記）だった。サイパン、テニアンを拠点とし、記事は南洋庁の行政情報、会社の農業情報、それに町や農場の話題などだった。名前のとおり放送が始まったばかりのラジオを利用し、全国ニュースも扱った。

ラジオ新聞は、サイパンの代表的景勝地を読者投票で決める「サイパン八景」という企画が好評を得た。当時、東京日日新聞（毎日新聞の前身）と大阪毎日新聞が主催した「日本八景」のまねだったが、サイパン、テニアンで新聞が普及するきっかけになった。住民、小作人のなかには、新聞を手紙代わりに故郷に送る人もいた。

テニアンの同紙の事務所には、熊本県出身の加藤十時（1908年生）が記者として入り、その後、編集長になる。加藤は南洋に来た当時20代だったが、取材、執筆、印刷のすべてを器用にこなした。活字にルビを入れ、写真を積極的に使った。通信社からわずかな文字数の記事配信も受け、社内報のようだった紙面を、本土の大手新聞のように変えようとした。

一方、サイパンでは「南洋振興日報」「南洋日日新聞」、さらに南洋日日を前身とする「南洋朝日新聞」が発行された。加藤によると、1941（昭和16）年の太平洋戦争開戦前の時期、南洋ラジオ新聞、南洋朝日新聞、南洋振興日報の3紙が南洋庁の指示で合併し、「南洋毎日新聞」と改称した。本社機能をサイパンに置き、加藤はテニアン支社長になった。

加藤は戦後、郷里の熊本県に戻り、玉名市で「肥後日日新聞」という小さな新聞社を80歳を超えるまで経営する。晩年連載した自身の回顧録『老のたわごと』(1989年)は、激しく変化し、時代に翻弄されるテニアンの状況を、新聞記者らしく具体的に書いていて、筆者の貴重な情報源になっている。

料亭街

砂糖で潤ったテニアン。町外れの一角に料亭街もできた。

戦前の海外の日本町に必ずと言っていいほどある料亭や女性が接待する店。テニアンでも南洋庁の「料理屋飲食店営業取締規則」「芸妓酌婦取締規則」に従い、次々に開店した。

料亭、飲食店は本土出身者が経営する店と、沖縄出身者の店に大きく分かれた。店内のつくりや接客スタイル、食事の違いがあったのだろう。南洋興発元社員の阿部興資の記述によると、本土系の店は八千草、照月楼、ときわ。沖縄系には小松、みはらし、南月、南菊などがあった。このほか島在住の朝鮮出身者経営の店もあったという。

料亭は南洋庁出張所や南洋興発の会合、宴席によく利用された。町の協議会、商業組合の会員、商店主が利用し、県人会も開かれた。農場からわざわざ来る人も少なくなかった。三線の音と宴席を盛り上げる女性の声が、夜遅くまで周囲に聞こえ、いつも賑わっていたという。テニアンの料亭街の自慢料理は、近海でとれるカツオやマグロの刺身。ただ、出される魚がカツオとマグロばかりなので、少々飽きられてもいたようだ。料亭街近くに鍋焼きうどんの店があり、お酒を飲んだ後、うどんを食べて帰る人もいた。

店には、客に性的サービスをする女性たちがいた。10代後半から20代半ばの女性10人程度がいる店が多かったようだ。どの女性も貧しい境遇から来た。三線演奏や踊りを見せたほか、買売春もおこなわれていた。店に短時間だけいる客もいれば、泊まり込みの客もいて、住民は女郎屋と呼んでいた。店は南洋庁に開業を届け出て、許可証に当たる「鑑札」を受け取り、営業していた。昭和初期に東京や大阪で流行した女性が給仕する「カフェー」と呼ばれた店もあった。

テニアンの料亭街は、小さな遊郭のような場所でもあり、料亭街の一番奥には、女性が病気検査のため定期的に通うことを義務づけられた施設もあった。

家庭の事情で来た人、親に連れられて来た人、何か別の理由で、その世界に飛び込まざるを得なかった人。女性が店で働き始めた理由は、人それぞれだったようだ。これはサイパン・ガラパンの料亭街についてだが、女性の出身地は、本土と沖縄が7対3程度の割合だったという。おそらくテニアンも、同程度の比率だったのだろう。沖縄出身者が経営する店の雰囲気は那覇・辻の遊郭に似ていた。辻と同じく女性たちは「ジュリ」(尾類)とも呼ばれた。

こうした店の経営者を指す言葉は一般に「楼主」だが、テニアンでは「親方」とも呼ばれたようだ。経営者には町の協議会員や、商業組合に入っている民間人有力者も少なくなかった。「女将」と呼ばれる女性が仕切る店もあった。

テニアンの楼主、女将はどんな人たちだったのか。当時を知る人が書いた記述から、一般に思われがちな裏社会の人というイメージは伝わってこない。町の顔のような人もいる。ただ、料亭で働く女性たちが、経営者に対して多額の借金を背負い、自由を奪われていたのは確かだ。「酌婦芸妓は普通三百円より五百円内外の前借金で、中には千円以上の前借を有している者もある。稼ぎは楼主と四分六だが、今日のごとき不景気では、借金は増す一方」（筆者が字句を一部修正）

これは当時発行された、南洋の生活を紹介する冊子の記述だ。３００円から５００円は、現在の貨幣価値では百万円単位の額だ。

少し話が脱線するが、南洋群島では男性を相手にサービスする女性を「パンパン」と呼んでいた。テニアンの住民もそう呼んでいた。パンパンは主に太平洋戦争後の混乱期、街路に立ち、米国などの進駐軍兵を相手にした娼婦を指すが、戦前の南洋の料亭街でも、この言葉は使われていた。

テニアンの料亭街の女性たちがどんな暮らしをしていたのか、どんな気持ちだったのか。彼女たち自身が書いた文章の記録は、ほとんどない。少なくとも筆者は見ていない。料亭街の女性について、筆者が元住民から聞いた唯一の話は、福島移民の子、山崎コウが11歳の時、父親に連れられて入った飲み屋で、ヨネハチと名乗る芸者から、サイダーとせんべいをもらったという話だけ。料亭街に生きた女性たちの実像は分かりにくい。

ただ、島が砂糖で潤った時期、戦争が始まり軍人が来た時期、島が戦場になった時期。元在住者や元兵士が、様々な場面で見た彼女たちの姿を、戦後文章に残している。本書のなかでも、あらためて紹介する。

神社の祭り

「テニアン神社の祭りは、子どもたちの一番の楽しみでした。いつもはサトウキビを山積みしている列車が、その日だけ、住民に開放されるんです。だから子どもたちは、ワイワイ言いながら列車に乗って町に出るんです。農家の子は、普段は小遣いなんてないんですが、その日だけは、少しだけお金をもらいました。楽しかったですね」

八丈島移民の子、菊池郭元。毎年サトウキビ収穫前の10月か11月頃おこなわれた神社の祭りとトロッコ列車に乗ったことは、格別に楽しい思い出だったようだ。身を乗り出して話してくれた。

東京の学校に進学する16歳まで島で過ごした菊池は、戦時中、島に残った両親、きょうだい、親戚を集団自決で亡くす、つらい経験をした。それでも筆者の取材にいつも笑顔で応じてくれ

サトウキビ列車に乗る人たち

た。

子どもたちが何より楽しみにしていた祭りだが、神社向かいにあるテニアン尋常小学校の男の子は、楽しんでばかりもいられなかった。この小学校は少年団に入っている男の子が多く、祭りの日は「任務」があった。神輿の警備だ。テニアン神社にも小さい神輿があり、街を練り歩く神輿の警備が少年団に任されていた。

警備と言っても、今と違い車もほとんどない道路だ。一緒に歩く程度だったのだろう。ただ少年団の子は、ランニングシャツなどで過ごす普段と違い、その日は胸にバッジを付け、制服姿だった。ネクタイもしていたという。大正時代後期から昭和初期に国内各地に誕生した少年団はテニアンにもつくられ、男の子の憧れの組織だった。

菊池は祭りの時、尋常小学校の校庭で、

農家や町の人たちが沖縄や東北地方の出身地の踊りを披露したことを覚えている。踊りの名前はあいまいだが、沖縄出身者が披露したのは「エイサー」だったようだ。福島の人たちは会津・白虎隊の格好をしていたという。白虎隊の戦いを表現した「白虎隊剣舞」とみられる。山形の人たちも出身地の踊りを披露した。これもはっきりしないが、東北地方の夏祭りのひとつとして知られる「花笠踊り」かもしれない。

小学校の校庭では相撲がおこなわれた。神社への奉納であり、祭りの華だった。優勝者の称号は横綱でなく大関。「テニアン大関」と呼ばれ、集まった大勢の人たちの拍手喝采を受けたという。

遊び天国

祭りの話を書いたが、子どもの日常はどうだったのだろう。八丈島移民の子、菊池郭元らに子どもの遊びについて聞いた。

男の子の遊び場は、なんと言ってもまず海だ。飛び込んだり潜ったり。テニアンの海岸は岩場が多く、近づけない場所が多かったが、サンゴ礁内側の波の静かなところは格好の遊び場だった。

遊ぶのは、学校からの帰宅途中が多かった。特に家に帰れば畑の手伝いをさせられる農家の子にとって、帰り道は貴重な遊び時間だった。学校は「海に行く時は、親の許可をもらうように」と指導していたが、男の子は内緒で海に行き、パンツやふんどし姿、あるいは素っ裸で海に飛び込んだ。

海岸近くや裏山の岩のすき間にいる「ヤシガニ」捕りも、男の子の定番の遊びだった。海と陸の両方に生息する節足動物のヤシガニ。別の元在住者の記憶だが、ヤシガニ探しは、岩のすき間の前がチェックポイントだった。ヤシガニが食べたカタツムリの殻が残っていれば、中にいることが分かった。つかまえたヤシガニは家に持ち帰り、茹でて食べた。普通の蟹に似た味で、おいしかったという。

山も遊び場だ。サトウキビ畑ばかりになった島だが、地形が悪く畑に適さない場所には密林も残っていた。菊池と友だちは茂った樹木のなかに、「秘密基地」と呼んだ隠れ家をつくった。いつの時代も男の子は、隠れ家をつくりたがるようだ。

「ジャングルのなかには果物がたくさんありましたから。基地に入って、果物を食べるのも楽しみでした」

当時は、南の島の王様になった日本人の少年がたくましく生きる漫画「冒険ダン吉」が子どもたちに人気だった。男の子は漫画の主人公になった気分で遊んだという。

しかし、こんなこともあった。

「島の見回りをしていた警察官が小屋を見て、泥棒が住んでいると思って入って来たんです。中にいたのは私たち子どもでしたから、(私たちは)警察官からこっぴどく叱られました」

菊池によると、学校での男の子の定番の遊びは「降参ごっこ」という乱暴な追いかけっこだった。

男の子は休み時間になると、校庭に飛び出し、誰それかまわず追いかけ回した。つかまえたら体を押さえつけ、「降参」と言わせる。つかまった子が降参と言ったら終わり。また初めから追いかけっこが始まる。足の速さと腕力で勝負がつく単純な遊びだから、降参と言う子は大抵いつも決まっていた。今だったら間違いなく「いじめ」と問題になりそうだが、当時はそんな感覚はなかったという。休み時間になると、男の子は飽きもせず、この遊びを繰り返した。

では、女の子はどうだったのか。筆者が取材した元在住者によると、女の子は食事など家の手伝いや弟、妹の世話で遊ぶ時間などない子が多かったようだ。断定できないが、遊びの話がよく出てくる男の子とは、その辺は違ったのかもしれない。それでも「スズラン通り」の詩を紹介した工藤恵美子は、別の詩にこんな思い出を書いている。

天水槽の上は
子どもたちの遊び場
まりつき　おはじき　ままごと
ままごとの店先は
いつも砂糖黍でいっぱい

家庭にあった天水槽（貯水槽）は、普段はふたがしてあった。そのふたの上がままごとの遊び場だったようだ。

菊池の思い出には、薬の行商も登場する。箱に入れた薬を訪問した家に置いていく「富山の薬売り」だ。江戸時代に始まった富山の薬の行商が、戦前、海外に進出したことは知られているが、南洋にも来ていた。おそらく南洋航路の船に乗って、日本人が多い島を回ったのだろう。そして、テニアンでも町や農場の家々に置き薬を、子どもたちに景品の「紙風船」を渡していった。

「農家は畑作業が忙しくて、町に薬を買いに行く時間もないから、薬売りが来ると買うんです。すると行商の人が、ペチャンコの紙を置いていく。息を入れると六面体のサイコロみたいになるんです。それだけのことなんだけど、それがおもしろくてね」

富山の薬売りが戦前使った景品の紙風船を調べてみると、確かに、サイコロ状に膨らむ面に、薬の宣伝、漫画や童謡の歌詞などが書かれている。本土の情報に乏しい太平洋の島の子どもたちだ。紙風船に描かれた漫画も子ども心をくすぐったに違いない。

子ども時代に体験したおいしい食べ物や弁当の味は、大人になっても記憶に残っているものだ。テニアンは、さまざまな地域から人が来ただけに、食べ物の思い出も地域色豊かだ。

「バナナの葉っぱをあぶると、いい臭いがするんです。そこに温かいご飯を入れ、くぼみに油みそを入れる。そして葉っぱでくるむんです。葉っぱはそのまま帰り道に捨ててしまう。本土の友だちが持ってきた卵焼き弁当と交換して食べたけど、沖縄の弁当の方がおいしいなと思いました」

そう笑って弁当の思い出を話してくれたのは沖縄移民の子、平川崇だ。油みそは「ご飯のお供」として今も沖縄で人気の甘辛みそ。油みそなどの具をご飯に入れ、バナナの葉で包んだ弁当は、今も沖縄言葉で葉っぱという意味の「カーサ弁当」の名で愛されている。

沖縄出身者は沖縄の代表的お菓子「サーターアンダーギー」を家でつくっていた。菊池らは「沖縄天ぷら」と呼んでいたが、話を聞くと、「砂糖天ぷら」の別名を持つ「サーターアンダーギー」のようだ。沖縄出身者以外の子が、沖縄出身の友だちの家に遊びに行く時、この砂糖菓子をもらうことがひとつの楽しみだったという。

八丈島出身の菊池の家では、母親が八丈島の代表的郷土料理「島寿司」をよくつくっていた。

「アイスキャンディー」と「どりこの」。これも菊池が思い出す子ども時代の懐かしい味だ。アイスキャンディーを一般の人が日常的に楽しむようになったのは昭和初期というが、テニアンでも、いくつかの菓子店が商品化した。これはサイパン、テニアンに水産会社（南興水産）ができ、製氷機が持ち込まれたことの恩恵だった。菓子店は氷を仕入れ、型に流しこんだジュースで、その店オリジナルのアイスキャンディーをつくった。

もうひとつは「どりこの」という、ちょっとなぞめいた飲み物。

昭和初期、「飲めば直ちに血となり精力となる」などのフレーズと、美貌の女性を多く起用した広告、ポスターで、日本中にブームを起こした健康飲料だ。現在なら、流行語の賞を取るような商品だった。そのヒット商品がテニアンでも売られていたという。

菊池も「どりこの」という不思議な名前の飲み物があるということは知っていたが、農家の子はそんな飲み物とは無縁の生活だ。ところがある時、海で溺れそうになった友だちを助け、その友だちの親から、お礼で家に招かれたことがあった。その時出されたのが「どりこの」だった。

「シロップのような味でした。これがあの有名な「どりこの」なのかと思ってね。うれしかったですよ」

東京のヒット商品に対する憧れもあった。

戦前は、国籍や出身地で人を差別することが当たり前のようにあった。しかし菊池の記憶では、テニアンの子どもの世界で、出身地で友だちを差別することはなかったという。親世代と違い、テニアンで育った子どもたちは、みんな標準語を話していた。出身地の違いも感じていなかったという。乱暴な遊びはあったが、陰湿ないじめの記憶はないという。

「農家には「貧しい者同士、助け合おう」という意識があったんです。それは、子どもも同じでした。みんな貧しい農家の子という仲間意識みたいなものがあった気がします」

そう言って、菊池は穏やかな笑顔を見せた。

スポーツ天国

筆者が戦前のテニアン取材をしていて意外だったことのひとつに、スポーツが盛んだったことがある。人気競技は野球、相撲、テニス。今とあまり変わらない。

昭和初期の人気スポーツイベントと言えば、今も大学スポーツの伝統の一戦である野球の早慶戦だ。推測になるが、早慶戦人気に触発され、国内各地で「対抗戦ブーム」のようなものが起きたのではないか。というのは、本土から遠く離れた南洋でも、テニアンの「南洋興発専習学校」とサイパンの「サイパン実業学校」（「彩実」と言われた）の対抗戦が盛り上がったからだ。

この対抗戦についてはあらためて述べるが、専習学校は南洋興発設立の私立学校。一方、サイパン実業は南洋庁立学校で、設立目的や教育カリキュラムも異なった。ただ、生徒はどちらも10代半ばから後半のほぼ同世代だったため、両校はライバル校関係になった。両校の生徒とも農家から見ると、エリートの卵。子どもたちにとっては憧れの存在であり、対抗戦は両島の住民が注目するスポーツイベントになった。野球、柔道、剣道、テニスの4競技がおこなわれた。最も盛り上がったのは、やはり野球だったようだ。

一方、テニアンにあった4つの小学校（テニアン、カーヒー、マルポ、チューロ）でも、小学生レベルではあるが、野球と相撲で4校対抗戦がおこなわれた。野球の試合は、南洋興発の社員がボランティアで審判をした。野球の対抗戦が定着すると、子どもたちは普段の遊びでも、

「三角ベース」を楽しむようになった。

テニスは南洋庁や南洋興発の施設にコートがあり、職員、社員が日常的に楽しんでいた。各小学校の校庭にもコートが1面あった。放課後、先生同士でプレーし、その後、子どもたちが先生からラケットを借りて遊ぶことがあったようだ。昭和初期は現在と同様、日本のテニス選手が世界に羽ばたいた時代だった。神社の説明のなかでも書いたが、野元静馬というテニアン神社の宮司は、とてもテニスが上手だったという。筆者の想像以上にテニスが盛んな時代だったようだ。取材をしながらそう感じた。

農場では農場対抗「大運動会」がおこなわれたことがあった。南洋庁テニアン出張所の所長が大会会長を務め、南洋興発の社員や小学校教員が大会進行や記録係などを分担した。100メートル走、400メートル走、走り幅跳び、走り高跳び、砲丸投げ、円盤投げ。運動会というより本格的な陸上競技大会だった。各農場が足自慢、腕力自慢の若者を送り出し、声援を送った。

相撲ももちろん盛んだった。テニアン神社の祭りで奉納相撲がおこなわれたことは述べたが、収穫慰労会、県人会、近所の人たち同士の集まり。人が集まると必ず、若い人に「相撲をやれ」と声を上げる年長者がいたようだ。即席の土俵がつくられ、余興のように取組が始まったという。

戦前は、現代のように女性が男性と同じようにスポーツを楽しむ時代ではなかった。それでも、南洋庁の女性職員が上司や職場の人とラケットを握ることはあったようだ。小学校の校庭では、体を動かすことが好きな女の子が男子に交じってドッジボールに興じた。親に内緒で、海で泳ぐ女の子もいた。

スポーツが盛んだった理由のひとつに、南洋興発や南洋庁に、多くの大学出の社員、職員がいたことがある。当時の植民地や海外領土に多くの人材を送った拓殖大学から、南洋興発、南洋庁に何人も入社、入庁した。帝国大学を卒業した人も珍しくなかった。大学出の人は、学生時代にスポーツをしていた人が多く、島の若者のコーチのような存在になったという。

最後にこんな話も。

テニアンのカーヒー小学校を出た菊池によると、小学校でラグビーをしたことが一度だけあった。しかし、先生がルールを説明した後で、「相手にかみついてもいいんだよ」などと、でたらめを言ったために、グラウンドは大荒れ。至るところで、ケンカのような状況になってしまった。全く試合にならず、以後、おこなわれることはなかったそうだ。

今は子どもも世界中のスポーツの試合をテレビで見ているため、トップ選手の動きをある程度イメージしている。しかし、この時代の子ども、特にテニアンのような島の子はトップ選手を知らないどころか、試合自体を見たことがない。先生がラグビーをやらせようとしたけれど、スポーツと言えない無茶苦茶な状況になってしまったのは、仕方なかったかもしれない。

先生がそそのかした「かみつき」。現在のラグビーの試合で、そんな行為があるのか調べてみた。国内最高峰リーグ「トップリーグ」で２０１５年、相手選手にかみついた選手が、スポーツマンシップに反する危険な行為をしたとして、６試合の出場停止処分を受けたケースがあった。

南洋の青春

「48人の受験者のうち、３人が合格した。教養テストも大変だったが、それにもまして、体力テストが大変だった。入学の競争率は激しかったが、入学すると優遇されて、勉学や体育に集中することができた」（筆者が一部字句修正）

１９３８（昭和13）年４月、テニアンの製糖工場近くに、会社の中堅幹部の養成を目的にした「南洋興発専習学校」が開校した。尋常小学校、高等小学校しかなかったテニアンでは、早い時期から中等教育機関を望む声があった。南洋興発は当初、職業教育が必要な従業員を対象に夜間補習授業をおこなっていたが、「補習では不十分」だとして、全寮制の学校をつくることになった。

冒頭の文章は１９９０（平成２）年、同窓会がつくった校誌に卒業生が寄せた文章の一部である。寄稿した卒業生の多くは、この時60代。仕事人生がひとつの節目を迎えた世代の目線で、学生時代を振り返っている。

「48人受験し3人が合格」だったという入学試験。なかなかの狭き門だ。

私学開校は会社の将来を託す人材を自ら育てたいという社の思いからだった。入学希望者は南洋の全域から集まった。後に会社の取締役を務める初代校長の小原潤一は、東京出張中、レコード会社に校歌のレコード制作を依頼する熱の入れようだった。

戦前の学生と言えば、旧制高校の生徒が好んだ学生帽とマントの「バンカラ」スタイルが知られる。専習学校の生徒は作業帽と半袖シャツ、短パン姿。製糖会社付属校らしい作業員スタイルだ。「バンカラ」と外見は違うが、やはり将来を期待され、島の住民から一目置かれる存在だった。


生徒は南興寮という寮で集団生活をした。校誌から生徒の1日をのぞくとこうなる。

寮は8畳部屋で、1部屋に学年を混ぜた4人が寝泊まりした。午前5時、ラッパの音で起床。体操、朝食、掃除と続く。その後登校し、国旗掲揚と朝礼、そして授業。クラスは農業科と工業化学科に分かれた。農業実習は農場のサトウキビ作業に合わせ、細かく組み込まれていた。午後は体育が2時間あった。球技（野球とテニス）、武道（柔道と剣道）を毎日交互におこなった。

夜は入浴、洗濯、夕食後に2時間の自習。消灯は午後9時だった。軍隊と同じく、生活や式典の号令、命令にはラッパが使われた。マラソンや遠泳、運動会などのスポーツ行事も多かった。

学校の特長は、生徒の授業料、生活費の負担がなく、さらに月額4円50銭の「小遣い」が出たことだ。
小遣いは強制的に半分近くを貯金させられ、学校が管理した。南洋では労働者の1日の賃金が1円20銭程度だった時代だ。貧しい故郷からやってきた親から見れば、破格の恵まれた環境だった。生徒たちもそのことを自覚していた。

校誌には難関を突破し、入学した当時の気持ちがつづられている。
「憧れの専習学校の校門をくぐった。当時の感動はいまだに忘れられない。家族と離れての団体生活は初めてだったので毎日が緊張の連続だった。ラッパの音で起床。（生活に）慣れるのに一生懸命で、1か月はあっという間に過ぎ去った」（1940年入学、沖縄県出身、伊礼真栄）
「南興寮は先輩後輩の序列が厳しく、それでいて温かみのある生活だった。寮生活は毎日緊張していたが、南の開拓士たらんとする大きな希望は、実に充実した日々であった」（1941年入学、沖縄県出身、金城善昌）
校誌のなかで、懐かしい思い出として必ず出てくるのは、先の項でも書いた、サイパン実業学校との対抗戦だ。テニアン、サイパン間で毎年交互に開催した。
「彩実（サイパン実業学校）には小学校の同級生も多くいたが、この対抗試合には異常な程、対抗意識を燃やしたものだ。負けることを知らなかった野球の試合に負けたことがあった。全校生徒が校庭に座り込み、大声で泣き、反省を込めて一日断食をしたことも、昨日のことのように懐かしい」

南洋興発専習学校の野球部（金城善昌提供）

柔道、剣道、それにテニスの試合も盛り上がった。

校誌には対抗戦以外の思い出も多数書かれている。

島の周りのサンゴ礁の海を、ふんどし姿で数珠つなぎになり、励まし合って遠泳した。島に来た大相撲の元十両力士から、相撲の指導を受け、本物の力士の強さを思い知った。寮で部屋別の演芸大会を開いて大いに笑った。

テニアンにあった「青春」。戦争の時代と戦後の月日を経た後も、その光景は卒業生たちのまぶたに焼き付いていた。

校誌には今の学校であれば問題になることも書いてある。学校や寮で、教師や先輩による平手打ちや制裁が日常的におこなわれていた。行事の予定を先生に報告せず変更した。野球のプレーがたるんでいる。掃除した寮の部屋から、ごみが出てきた。どれも制裁が待っていた。

現代では体罰は、相手を思う気持ちからであっても認められない。しかし、当時は正しい指導と考えられていたのだろう。これは校誌ではなく、別の会報に載っていた話なのだが、自分の後輩として入学した兄を殴ったという、ある人の文章を筆者は読んだ。殴った理由は、教室の掃除が不十分だった下級生の連帯責任だった。兄は家庭の事情で、弟より遅く入学したのだが、その人は優しかった兄を慕っていた。「意を決して呼び出し、「きさまは教室を何と心得ているんだ」と力まかせに殴ったが、泣きたいほど悲しい思いだった」と書いている。

専習学校は戦争のため、7期生で短い歴史を終えた。筆者が校誌の名簿で数えたところ、計109人の生徒が在籍した。校誌の寄稿文によると、このうち44人（49人との記述もあり）が戦争で犠牲になった。

ところで、筆者は校誌を見て、2人が「専習学校の受験前、「早稲田中学講義録」で勉強した」と書いていることにも気付いた。

入試を突破するため、受験勉強をしなくてはならないが、今と違い、塾もないし家庭教師もいない。早稲田中学講義録は当時の早稲田大学出版部が発行した通信教育教材で、同大学の教授らが執筆していた。その通信教材を、東京から遠く離れた南洋でも、専習学校を受験する子どもの親らが取り寄せていたのだ。

これまでも書いたようにテニアンは本土出身者と沖縄出身者らが一緒に苦労し、築いた社会だった。当時は国籍や出身地による差別が当たり前のようにある時代だったが、少なくとも会社内で大きな出身地差別はなかったようだ。

しかしその一方、南洋興発という組織は紛れもなく学歴社会だった。小学校しか出ていない多くの小作人と、大学を出た当時は「超」がつくエリート社員が一緒にいる組織だった。テニアンに来た小作人は、食べ物に困らなくなったことに喜んではいたが、学歴という、自分の力ではどうにもならない世の中の仕組みを、嫌というほど感じていたに違いない。

「農場の監督はサトウキビの刈り取り時期になると、刈り取りの順番を決めるため農家を回るんです。大切に育てたサトウキビを一番いい時期に刈り取りたいので、みんな監督をもてなすんです。私の親は、家でとれたニワトリの卵数個と醤油を渡していました。「監督はいいなあ」と子ども心に思いましたよ」

テニアンからサイパン実業学校に進学し、戦後、沖縄県旧石川市（現うるま市）の市長を務めた平川崇は、そんな話をしてくれた。

収穫量を少しでも増やそうと、高学歴の若い社員におじぎをして卵を渡す父親。卵を庭で集めるのは家の子ども、つまり平川の仕事だった。大人の社会の仕組みを垣間見る思いだった。平川はそんな父親からしつこいほど、「勉強しろ。勉強しないと、いつまでも小作人だぞ」と言われたという。

早稲田中学講義録を取り寄せた親も、「学校を出ていない自分は仕方ないが、子どもには勉強させ、学歴をつけさせたい」「自分と同じ思いはさせたくない」と考えたのではないだろうか。

通信教育の教材にそんな親心が込められていた気がしてならない。

地球劇場

わずか10年でジャングルの島が「熱帯の小さな日本」に生まれ変わったテニアン。島には「娯楽」「文化」もやって来た。

1936（昭和11）年、スズラン通りに「地球劇場」という映画館がオープンした。劇場を切り盛りしていたのは、ユニークな名前を持つ男性と年上の女性だった。

天理教布教で島に来た女性が、映画館前で福島移民の子の山崎コウに「（天理教を）拝んだらただで見せてあげる」と、声をかけていたことは先に書いた。山崎は、太鼓を叩きながら映画を宣伝する「吉川デブ」という男性がいたことも覚えている。名前のごとく太っていて、山崎の記憶では30代くらいだった。吉川の詳しいプロフィールや、吉川と女性の関係は不明だが、南洋庁テニアン出張所の事業者名簿に、事業主が吉川忠雄と書かれている。吉川は地球劇場の経営者。そして、本名は忠雄とみられる。

吉川はサイパンでも映画館を経営していて、両島のちょっとした有名人だった。映画の宣伝のため、チンドン屋のような格好をしていた。大柄な体格で、しかも声が甲高かった。

吉川（写真上）は地球劇場のほか、
サイパンではサイパン劇場（写真下）を経営していた

「格好は目立っていたけど、普段はおとなしくて優しい人でしたよ」

山崎は、笑いながらそう話してくれた。

八丈島移民の子、菊池郭元も吉川のことを覚えていた。子どもたちは、みんな本名は知らないが、「デブ」と呼んでいたという。菊池は吉川の本職は無声映画の内容を説明する「活弁士」だったと記憶している。

日本映画のほか外国映画も上映したという地球劇場。南洋庁関係者、南洋興発社員から農場の人まで、あらゆる人がやって来た。南洋興発のある幹部社員は、毎年製糖作業が終わると、社員、家族の慰労のため、地球劇場を自費で終日借り、無料映画会を開いていた。

映画は本土の文化を運んでくる島の数少ない娯楽のひとつになった。南洋興発は町から離れた農場に配慮し、農場にある同社の施設にスクリーンをつくり、鑑賞会を開いた。菊池によると、農村は電気が通っていなかったので、ガス灯が使われた。ガスの火がフィルムに引火し火事になるという、笑えない出来事もあったという。

どんな映画がテニアンで上映されたのか。当時のある資料に、農場の南洋興発施設で、「月よりの使者」（1934年公開）と「河内山宗俊」（1936年公開）が上映されたという記録がある。「月よりの使者」は当時の大女優、入江たか子が主演。「河内山宗俊」はデビューまもない10代の原節子が可憐な演技を見せ、注目された映画だ。

ところで、サイパン、テニアン両島で映画館を経営していた吉川デブ。本人が自ら「デブ」と名乗っていたらしいのだが、実際に太っていたとはいえ、なぜ、そんな名前にしたのか。

筆者は「デブ」の由来が、主に1910年代に活躍した米国の巨漢コメディアン「ファッティ」こと「ロスコー・アーバックル」ではないかと思っている。

アーバックルは、大柄で太った体型ながら軽妙な動きを見せ、俗語で太った人を意味する「ファッティ」が愛称だった。一時はチャールズ・チャップリンやバスター・キートンと並ぶ人気喜劇役者だったという。今もおこなわれるドタバタ劇の定番、相手の顔にパイを投げる「パイ投げ」を流行させた人物でもある。

「ファッティ」は「デブ君」と訳され、当時の日本の映画ファンの間でも知られた存在だったようだ。吉川は洋画も上映する映画館の経営者だから、米国映画事情に詳しかったはずだ。そして、自身は太っている。吉川はアーバックルを意識し、自分を「デブ」と呼んだ。それが筆者の見立てだ。

「スズラン通り」の項でも書いた『南洋群島解説写真帖』という、当時の南洋商業界の人物を紹介している冊子がある。そのなかで、ほかの人の名前が「氏」なのに、吉川は「デブ君」と君付けになっている。もし推測が正しければ、吉川デブの正しい職業名はアーバックルの日本語訳名を意識し、「吉川デブ君」だった可能性がある。現在の芸能界には「〇〇くん」「〇〇ちゃん」と「くん、ちゃん」まで芸名の人がいる。そのパターンだ。

本人に確認できない今となっては推測の域を出ないが、海の向こうの人気コメディアンへの憧れが、ユニークな名前を生んだ気がしてならない。

球陽座

「翁長小次郎が当時まだ若くてかっこよかった。踊りを教えてもらいました。舞台に上げてもらったこともあるんです」

1936（昭和11）年頃、「球陽座」という沖縄芝居小屋で撮られた写真。男性は翁長小次郎という、当時沖縄から武者修行で来ていた若手俳優。花束に囲まれている女の子は、芝居小屋近くにあった泡盛酒店・仲本酒造場の娘、湧稲国久子（1927年生）だ。仲本酒造場はサイパンの沖縄県人会長、仲本興正と湧稲国の両親が開いた店で、商店主や料亭街に多くのお得意さんを持つ、島で知られた酒屋だった。

球陽座と仲本酒造場はご近所さんというだけでなく、泡盛の製造工程で出るお湯を、球陽座の役者が風呂代わりに使うなど、人が行き交う親しい関係だった。

筆者は2013年、那覇市・国際通りの喫茶店で、湧稲国から写真の思い出を聞くことができた。

彼女が翁長小次郎から教わった演目で思い出すのは「四つ竹」。花笠をかぶり、両手に2枚ずつ計4枚の竹片を持った踊り手が、竹を鳴らしながら優雅に踊る古典女踊りの名作だ。

「私も小さい子どもだったから、「踊りが上手だね」なんて言われると、うれしかったです」

球陽座の役者、翁長小次郎と湧稲国久子（1936年頃：湧稲国久子提供）

取材当時80代半ばだった湧稲国は、懐かしそうに話してくれた。

南洋庁テニアン出張所の事業者名簿によると、芝居小屋の開業は1930年。テニアンの商店街の草分けとして紹介した具志幸助が「朝日劇場」という小さい芝居小屋を海岸近くにつくったのが始まりだ。ただ、写真が撮られた36年頃は、明治時代後半から沖縄演劇界の大物として活躍した渡嘉敷守良（1880～1953年）が座長であり、経営者だった。

沖縄芸能に関するこれまでの研究や論文によると、渡嘉敷がテニアンに来たのは、具志から朝日劇場の役者の派遣を依頼されたのがきっかけだった。渡嘉敷は１９３２年に自らテニアンに渡り、同劇場で公演をおこなった。その後、具志が劇場を手放したため、渡嘉敷は経営を受け継ぎ、名前を「球陽座」に改めた。

球陽座は明治時代後半に那覇の辻で結成された芝居小屋の名前で、渡嘉敷はその看板役者だった。渡嘉敷にとって球陽座は、人気若手時代を過ごした劇場の愛着のある名前だったようだ。

テニアンの球陽座は、舞台構造も当時の那覇にあった芝居小屋に似ていたという。照明、背景などの舞台装置があり、美術担当者もいた。背景も演目ごとにつくられた。伴奏者の地謡もいた。沖縄の言葉で演じられる、笑いあり涙ありの舞台だった。島にできた本格的な沖縄芝居の劇場は、沖縄出身者だけでなく、本土出身者の間でも人気を集め、定員２００人ほどの客席はいつも大勢の人で賑わっていたという。

役者の派遣を求められ沖縄から来た渡嘉敷だったが、テニアンが活動拠点になり、球陽座での興行は１９４２年までの約10年間に及んだ。

「タガ族遺跡の前の浜辺に立って夕陽を見ていると、ホームシックにおそわれました。それに輪をかけるかのように、沖縄のサンシン（楽器）と太鼓の音が、風に乗って聞こえてきました。血が血を呼んだといえましょうか。達治はふらふらと、音のする方向に引かれていきました。気がつくと、達治は「球陽座」の客席に座っていました」

沖縄出身の版画家・絵本作家の儀間比呂志（１９２３～２０１７年）が、儀間自身の少年時代をモチーフにした版画絵本『テニアンの瞳』（海風社、２００８年）の一節だ。

テニアンに渡った少年が球陽座に初めて入った様子を描いている。

「周りは、異郷に「ふるさと」を想う人たちで埋まっていました。人々は、沖縄方言で演じられる舞台に泣き、笑い、喝采し、指ぶえをとばす、フィ、フィ。達治の目頭もあつくなりっぱなしでした。特に、座長・渡嘉敷守良の古典女踊り「諸屯」の美しさには感動しました」

福島移民の子、山崎コウも球陽座に行った一人だ。

「言葉は分からないんですけど、踊りが良かったです。楽しかったですよ」

山崎は当時、酒保に勤めていた。島がジャングルだった時代にやって来て開墾を手伝い、その後も働きづめだった山崎。沖縄芝居の観劇は酒保勤務「ＯＬ時代」の楽しい思い出だったようだ。

沖縄芝居の劇団はサイパンにもあった。「南座」といい、球陽座と南座は役者を入れ替え、公演したこともあった。また両劇団は、芝居小屋がない南洋のほかの島で巡業公演をおこない、漁師やカツオ節工場で働く「ウミンチュ」ら沖縄出身者らを楽しませた。

テニアンでは島の料亭で働く沖縄出身の女性を役者にした「ジュリ芝居」という珍しい舞台がおこなわれたこともあったという。

地球劇場が本土の娯楽を運んできたと書いたが、球陽座はまさに、テニアンに生まれた「沖縄文化の発信拠点」だった。

ところで、経営者の渡嘉敷は明治時代後期に那覇で人気を博した役者であり、その後も沖縄芸能界の実力者だった。なぜ、沖縄芸能の大物が太平洋の小島テニアンに10年間もいたのか。ほかの役者たちも、どうしてはるばるテニアンに来たのか。筆者が感じた大きな疑問だった。

沖縄芝居の人たちが海外公演を積極的におこなったのは、移民や出稼ぎ労働者の慰労が大きな目的だったとされる。しかし、それだけではなかったようだ。

貧困のどん底にあえいでいた沖縄。県民に芝居を楽しむ余裕はなく、実際に那覇の劇場の入場料は、テニアンの球陽座よりかなり安かったようだ。沖縄は芝居興業にとって厳しい経済状況だったのだ。

また当時沖縄には、標準語励行運動というものがあった。「みんなはきはき標準語」などの標語で、方言を排除しようという運動だ。戦時色が強まる1930年代後半から、沖縄言葉を使う芝居は当局の強い圧力を受けた。『沖縄芝居とその周辺』（大野道雄著、2003年）によると、1940年には「標準語国民劇上演週間」という広告が沖縄の新聞に載った。沖縄は、渡嘉敷らが求めた沖縄芝居をできる環境ではなかった。

沖縄芝居の役者たちは戦争に向かう時代、当局の圧力が強い沖縄に比べ、比較的自由に芝居に励むことができた南洋に活動の場を求めたのではないか。筆者はそう感じている。テニアンに10年もいた沖縄芝居の大物、渡嘉敷守良。彼は沖縄を離れることで、逆に時代の牙から沖縄芝居を守ったのではないか。そう考えると納得できる。

渡嘉敷は終戦後、横浜の鶴見に住み、首都圏の沖縄出身者らに舞踊を指導した。1951（昭和26）年に沖縄に戻り、1953年に死去した。渡嘉敷の流派は、後継者によって現代の沖縄舞踊に受け継がれている。

一方、写真で紹介した球陽座の役者だった翁長小次郎。翁長はテニアンを短期間で離れた後に沖縄・石垣島に移り、「翁長小次郎一座」を旗揚げした。この翁長一座から育ったひとりに、長く沖縄芝居の女優として活躍し、NHK連続テレビ小説「ちゅらさん」の「おばぁ」役で全国的な人気者になった平良とみがいる。

風変わりな芸術家

太平洋戦争開戦後のことになるが、テニアンには杉浦佐助という風変わりな芸術家もいた。杉浦は1897（明治30）年、愛知県東三河地方、現在の蒲郡市で生まれた。地元で宮大工の修行を積んだ後、20歳頃、南洋のパラオ（現・パラオ共和国）に建設作業員として渡った。その後、独学で美術を勉強。群島内の孤島に移住し、彫刻に打ち込んだというユニークな経歴の持ち主だ。

一度日本に戻り、1939（昭和14）年、南洋で制作した作品を披露する個展を東京・銀座で開催。新聞記事にもなり、注目された。個展後、再び南洋に渡り、1942年にテニアンに移住した。材料の樹木「テツボク」が茂る密林に住居を構え、彫刻、絵画制作に打ち込んだ。杉浦はテニアンに来た時から、ちょっとした有名人で、先生と呼ばれていた。銀座で個展を開いたことを知った加藤十時が、「大彫刻家来島」と少々大げさな新聞記事を書いたからだ。

前項で紹介した版画家の儀間比呂志。儀間は自身のテニアンでの体験をモチーフにした版画絵本『テニアンの瞳』のなかで、「球陽座」で杉浦佐助に会った時のことを書いている。杉浦は多くの沖縄出身者たちと一緒に舞台を楽しんでいた。

杉浦には多くの町の人が、「ジャングルで暮らす風変わりな芸術家」として関心を寄せた。畑にしばられた農家と別世界に住む「変人」と思った人も多かったろうが、彫刻家として腕は評価されていた。

評判を聞いたテニアン町の春海寺は、杉浦に本尊の釈迦像の制作を依頼した。南方部隊の指揮のため、島に一時滞在した海軍・市丸利之助少将（最終は中将）は、日本神話の生き物「ヤマタノオロチ」の彫刻を依頼。杉浦は完成した彫刻を佐賀県の市丸の実家に送っている。

市丸は少将の立場ながら、テニアンの俳句愛好者と交流を持つなど、新聞記者の加藤が「文人将軍」と呼んだ人物だ。戦争終盤、硫黄島の戦いで戦死するが、その際、米ルーズベルト大統領宛ての「ルーズベルトニ与フル書」という遺書を残したことで知られている。市丸も、杉浦の風変わりなキャラクターに関心を寄せたひとりだった。

杉浦はその後、テニアンでの戦闘を生き延びた。そして、米軍が島を占領した後は、建築や塗装を器用にこなすことを米軍将校が知り、軍お抱えの建設塗装業者のようになった。しかし、洞窟に潜む日本兵に投降を呼び掛けた際、杉浦を米軍の手先とみなした日本兵から射殺されてしまう。杉浦が再び日本の地を踏むことはなかった。

Ⅴ　そして、全てを失った

強烈な光の大艦隊

漆黒の海に強烈に輝く光の固まり。サイパンとテニアンの海峡を埋め尽くした艦隊の群。砲弾の嵐がやむ深夜、おそるおそる山を登り、山頂から眼下をのぞき込んだテニアンの人たち。大艦隊が堂々と放つ、それまで見たこともない大光量の照明に誰もが言葉を失った。

１９４４（昭和19）年６月、サイパン島を望むことができるラッソー山（標高約１７０メートル）から住民、軍人が目にした光景は、信じ難いものだった。米軍はサイパンを完全包囲。テニアン側の海にも大小さまざまな艦船がびっしり停泊し、多くの人が「サイパンまで船伝いに歩いて渡れそう」と感じたという。敵軍の圧倒的な力。人々が感じたのは経験のない驚きと恐怖だった。

１か月半後、テニアンは「この世の地獄」と化し、米軍に占領されることになる。ジャングルの島から砂糖でうるおう「宝島」へと大変貌を遂げたテニアン。人々は築いた全てを戦闘で失った。

米軍が占領した島は、その後、空爆基地の島、人類史上、最悪の戦争被害と言える「原爆」基地の島へと、あっという間に変化していく。太平洋戦争中、島はどういう経緯をたどったのか。人々は何を思い、どう動いたのか。

国際連盟脱退、松江失脚

1933（昭和8）年の国際連盟からの脱退は、日本が国際的に孤立し、戦争に向かう転機として知られる。

南洋群島は「国際連盟から委任された」領土だったので、脱退はテニアンにとっても大きな出来事だったはずだが、実際は島内への影響はほとんどみられない。サトウキビ栽培、砂糖生産に追われる住民は、連盟脱退というニュースをそもそも知らなかったかもしれない。ただ、日本の実質的領土になっていた南洋群島の統治根拠が国際的に不安定になったのは確かだ。日本は脱退後も、委任国に義務づけられた連盟理事会への年次報告書を、連盟の一部機関との関係が残っていた1938年まで作成している。

南洋興発の創立者で、経営者として絶頂にあった松江春次が会社の経営から追い出されるように退いていくのも、日本が戦争に向かった時期と重なる。

松江の転落は急速にやってきた。１９３８年、松江は高血圧が原因で軽い言語障害を起こす。その後、事業者としての力量を高く評価していた北海道の港湾運送会社・栗林商会の栗林徳一を後継に据え、１９４０年12月、自身は会長に就き、社長を栗林に譲った。そして、１９４３年12月には会長も退いた。相談役を委嘱されたが、ほとんど実態のない肩書だった。

松江の社長、会長辞任の背景には、軍の意向があったとされる。米国の力を知る松江は、基本的に米国との戦争を嫌っていた。そのことが理由なのか。詳しい事情ははっきりしないが、軍幹部が松江でなく栗林に会社の指揮を執らせたがっていたとも言われている。

南洋興発の生みの親、育ての親、そして南洋群島の「砂糖王（シュガーキング）」と呼ばれた松江春次は、会社と縁が切れた形になった。

囚人飛行場と新しい神社

１９３７（昭和12）年の日中戦争勃発時、戦争はまだ、住民にとって遠い大陸の出来事だった。しかし、欧州で第二次世界大戦が起きた１９３９年以降、テニアンにも大きな変化が現れた。

ドイツのポーランド侵攻で大戦が始まった同年９月、海軍が動いた。南洋群島の飛行場建設のため、囚人を建設労働者として派遣することを司法省に要請。海軍、司法両省の間で契約が結ばれ、全国の刑務所から囚人を集め、テニアンとマーシャル諸島「ウォッジェ環礁」に飛行場をつくることが決まった。

国際連盟に加盟していた時は軍事利用しないという委任統治条項を体裁上守ろうとした日本だったが、この頃は基地化を自制したことなど昔の話になっていた。囚人たちは、いったん横浜刑務所に集められ、1939年12月、横浜港から船でテニアン島とウォッジェ環礁に向かった。囚人部隊は「テニアン赤誠隊」「ウォッジェ赤誠隊」と名付けられた。

テニアンに到着した受刑者約1280人のテニアン赤誠隊。海岸に停泊した船に寝泊まりし、常に看守に見張られていたが、それでも見慣れない囚人たちの出現とダイナマイトの爆音は、住民を驚かせ、緊張感を与えた。ただ、看守は非番の日、テニアン町の料亭街で派手に遊んでいた。部隊は赤誠隊という名前と違い、青い作業着を着ていたため、住民からは「青隊」「青シャツ隊」と呼ばれた。

テニアンの部隊は、熱帯での重労働に加え、デング熱などにも悩まされ、体調を崩す囚人が続出した。命を落とす人も出たが、飛行場は2年近く経過した1941年10月に完成した。島の最北部の岬「牛崎」に近かったため「牛崎飛行場」、またはハゴイ農区に近かったことから「ハゴイ基地」と呼ばれた。最終的には「第一飛行場」という単純な名前になった。

神社がテニアン神社だけだった島に、5つの神社が一気につくられたのもこの頃だ。1940（昭和15）年8月から1941年4月にかけ、4つの農場に住吉、和泉、橘、日之出の各神社が、ラッソー山の山頂近くに羅宗神社が建てられた。いずれも、戦前の社格制度で最も低い「無格社」の神社だった。

1940年は神武天皇即位2600年とされる祝賀行事が全国でおこなわれた年。南洋ではこの年、南洋庁の本庁があったパラオ諸島のコロールに官幣社の南洋神社が建てられた。テニアンにつくられた5つの神社も、この記念行事と関係しているとみられる。

住民の間でも戦争の緊張感が急に高まってきた。以下のことはほぼ本土と同じなのだが、現役で軍務についていない人たちの在郷軍人会の活動が活発化した。農場、市街地、工場に警防団が組織された。近所同士の隣保班（隣組）もつくられた。そして、学校では天皇、皇后の写真「御真影」と教育勅語を納めた「奉安殿」が整備された。皇居に向かって敬礼する「宮城遥拝」は先生と全校生徒の日課になった。これも本土と同様、1941年4月に島内の小学校が「国民学校」と改名した。

酒と軍歌

1941（昭和16）年12月8日。ハワイ・真珠湾攻撃で太平洋戦争が始まった日、朝礼で整列していた専習学校の生徒たちは、上空を南西に向かう飛行隊を見た。

この日、日本軍は真珠湾とほぼ同時にグアムの米軍基地も急襲した。生徒たちが目撃したのは、グアム島に空襲に向かう飛行隊だった。米軍は守備が手薄で、日本軍はまたたく間にグアム島を占領した。

開戦後、破竹の勢いで東南アジア各地を制圧した日本軍は、太平洋の広大な海域に戦線を広げる。政府は中国との戦争を含めて「大東亜戦争」と命名。戦線の拡大にともない、テニアンは本土と南方をつなぐ中継拠点になった。囚人たちがつくった第一飛行場は、当時の主力戦闘機「中型陸上攻撃機（中攻）」などの訓練基地になった。

開戦から5か月ほどたった1942年4月、塚原二四三海軍中将（最終は大将）が司令長官を務める連合艦隊所属の第11航空艦隊がテニアンに駐留。鹿屋（鹿児島）、高雄（台湾）、元山（現在の北朝鮮）などの航空隊が次々に集結した。

日本軍は珊瑚海海戦で前進が止まり、ミッドウェー海戦で敗北する直前で、まだ意気揚々としていた。兵士は泥沼の戦闘を経験しておらず、体も元気だった。

第11航空艦隊のテニアン駐留は、司令部がラバウル（現パプアニューギニア・ニューブリテン島）に移る同年8月までの、わずか4か月だったが、まるで島の主のようになった。南洋興発の施設のほか多くの民家が兵士の宿舎になり、住民は肉、魚、野菜、そして酒を軍人に提供した。島は酒と軍歌で気勢をあげる兵士で沸き返った。

「『沖の鴎（カモメ）と飛行機乗りは、どこで散るやらネ　はてるやら　ダンチョネ』。私たちの家に来た兵士がダンチョネ節を毎晩のように歌っていましたから、歌詞を覚えちゃいましたよ」

そう話すのは、福島から農業移民としてテニアンに渡り、島で少年時代を過ごした同県会津坂下町の伊藤久夫（1934年生）だ。飛行機乗りの心意気を歌ったダンチョネ節は、今も知られる「同期の桜」などと並んで、当時の海軍兵士の定番ソングだった。

「兵隊さんは（もてなしを受けたお礼として）いくらかの金を父親に渡していましたが、父は受け取った金でまた、兵隊さんのために酒とつまみの落花生を買うんです。子どもの私は、落花生の皮をむくのが日課でした」

多くの住民は夜になると、昼の訓練を終えた兵士を接待した。料亭街には軍人と軍人を接待する南洋興発の幹部が出入りし、勇ましい歌声が毎晩のように聞こえた。司令長官の塚原中将の歌の十八番は作曲家、古賀政男の戦前の代表曲のひとつ「男の純情」。意気投合したテニアン製糖所の藤原正人所長と酒を酌み交わした。

砂糖の生産が何より大切だったはずのテニアンで、酒が盛んにつくられたのもこの頃だ。南洋興発は酒の新商品をいくつも開発した。島のサトウキビを原料にしたラム酒は好評だった。サイパンでつくられた「南十字星」というウイスキーも、将校たちの夜のお供だった。

島をあげての歓迎のなか、傍若無人な振る舞いの兵士も少なくなかった。

当時、南洋庁の出張所で働いていた菊池郭元は島の警察官が、兵隊が起こすトラブルについて、こぼしていたのを記憶している。警官が若い兵士同士のけんかの仲裁に入ると、「軍人に向かってなんだ」と逆に警官に向かって怒りだしたという。

「兵隊には手を出せない。困ったもんだ」

警官は苦笑いしていたという。

一方、20歳にも満たないような兵士のなかには、酒や女性遊びと離れた、初々しい印象を住民に残した人もいた。民家の軒先や貯水槽のうえで、仲間と談笑をしたり、歌を歌ったりする兵士がいた。住民の子どもと遊ぶ兵士もいたようだ。

沖縄移民の子だった真栄城光子（1927年生）は、あどけない顔の兵士が思いもよらない頼みごとをしてきたのを覚えている。

「母親が兵隊さんに砂糖でつくったアメを渡したら、「おいしいですね。これを私の田舎に送ってくれませんか」と、お願いされちゃったんです。母親は送ったようでした」

まだ子どものような兵士だったという。

軍人がテニアンで酒を飲み、勇ましく歌ったのは、1942年の短い期間だった。

第11航空艦隊は、8月に日本軍の新たな航空基地、ラバウルに司令部を移す。日本軍はここを拠点に、東部ニューギニアや、後に「餓死の島」「餓島」と言われるガダルカナル島（現ソロモン諸島）などで死闘することになる。

テニアンからラバウルに向かった第11航空艦隊。彼らの多くは、テニアンを離れた後、初めて本物の戦争に直面した。兵士がテニアンで飲んだ酒は、地獄を見る前の最後に楽しんだ酒だった。

不気味な海

「ドーン」

1943年2月、突然大きな音がテニアンの町に響いた。音の発信源は港だった。「何が起きたのか」と住民が波止場に駆けつけると、港で荷揚げをしていた軍用運送船那岐山丸に大きな穴があいている。魚雷を受けたことは明らかだった。魚雷を放ったのは、全長が100メートル近くある「フライング　フィッシュ」。第二次世界大戦時に使われた米主力潜水艦の一隻だ。

那岐山丸は何とか浅瀬に乗り上げ沈没をまぬがれたが、町の正面の港で起きた出来事は、住民を驚かせ、少なからぬショックを与えた。

日本は「神の国」とされた時代。テニアンの人たちも当時のほとんどの日本人と同様、戦争の勝利を疑わなかった。

しかし、住民は魚雷騒動でこうも気付いた。

「この海にアメリカの潜水艦が潜んでいる。目に見えない敵がいる」

同じ1943年の9月、政府・大本営は「絶対確保スヘキ要域」、いわゆる絶対国防圏を太平洋に設定した。

しかし、それは机上のものにすぎなかった。民間団体「戦没船を記録する会」が１９９５年に発行した『知られざる戦没船の記録』によると、政府が絶対国防圏を定めた頃から、日本の軍船、軍徴用船、商船の潜水艦や航空機の攻撃による被害が急増している。列挙された沈没船を筆者が数えると、１９４２年時点では1か月に多くて30隻程度だが、１９４３年9月から50〜60隻、さらに１９４４年には月１００隻前後に増えた。

テニアンの住民は日本船の沈没が多発していることを知っていた。生活物資を本土から運び入れる輸送船の入港が途絶えがちになっていたからだ。逆にテニアンの砂糖も本土に送ることができなくなっていた。製品化した袋詰めの砂糖が倉庫に置かれたまま。農家もサトウキビの栽培に気合いが入らなくなり、刈り取りもおろそかになりがちだった。農場のあちこちでサトウキビが伸び放題になり、「南洋の宝島」とまで言われた島の雰囲気は大きく変わっていた。

住民のなかには戦況の悪化に気付いている人もいた。

先に紹介した儀間比呂志の版画絵本『テニアンの瞳』のなかで、風変わりな芸術家、杉浦佐助は「戦況は日本が負けそうだ。テニアンもあぶない」と、杉浦の元で美術を勉強していた儀間自身がモデルの少年に、故郷に帰るよう促している。杉浦は洞察力に優れ勉強家だったので、戦況の厳しさを察していたのだろう。テニアンの新聞記者、加藤十時も、新聞社が入手した大本営発表でないわずかな情報と記者の勘で、日本軍の苦境に気付いていたことを、晩年回顧録に書いている。

「テニアンにいた兵隊さんたちは無事だろうか」。多くの住民も戦争の勝利を信じる一方、目の前に広がる太平洋を眺め、不安を感じ始めていた。

1943年後半、太平洋の米軍は本格的な反攻作戦を開始する。チェスター・ニミッツ大将（後に海軍元帥）率いる米太平洋艦隊は、「蛙跳び」「島跳び」と呼ばれる作戦を始めた。重要拠点の島、環礁だけを占領し、残りは空襲で軍施設を破壊したうえで、補給路を絶ち、実質無力化させるというものだ。進軍ペースを速め、自軍の犠牲を少しでも抑えるのが目的だ。費用対効果を上げる狙いと言える。

同年11月、米軍は赤道直下にあるタラワ環礁を占領する。「タラワの戦い」は、日本ではあまり知られていないが、米軍にとっては太平洋から日本勢力を一掃する作戦の本格スタートであり、非常に意味のある戦いだった。自軍も相当の犠牲者を出した米軍は、その後の戦いにタラワの経験を生かしている。

タラワをスタートした米太平洋艦隊。小島や環礁の要所をつないで進む「蛙跳び作戦」は、日本本土、そして、東京を直接叩くことができるグアム、サイパン、テニアンを当初からひとつの大きな目標ポイントにしていた。

住民の不安は正しかった。悲劇は着実に近づいていた。

魔の2か月

1944（昭和19）年。不安は現実になった。

2月と3月はテニアンの住民にとって、戦争が島を直撃している現実を、いやが応でも突きつけられた2か月だった。

2月12日、島では第一飛行場に続く、第二飛行場づくりがカーヒー地区で始まった。囚人がつくった第一飛行場だが、続く飛行場づくりは島の人間に委ねられた。海軍が新たに編成した「第一航空艦隊」を迎えるため、第三、第四飛行場にも着手することになった。

「新たに」と書いたのは、第一航空艦隊は通常、真珠湾攻撃のため編成された「栄光の」機動艦隊を指すからだ。新たな第一航空艦隊は、空母を持たない陸上基地の航空隊だったが、それでも角田覚治司令長官のもと、「中攻」「大攻」と呼ばれた陸上攻撃機をそろえ、本土の基地で猛訓練を積んでいた。

飛行場づくりは、海軍設営隊（第233設営隊）が指揮し、南洋興発の社員と住民が総出でおこなった。まず、現場周辺のサトウキビを伐採し、邪魔なものを取り除く。次に石灰岩質の岩盤をダイナマイトで爆破し、砂状になった土砂をトロッコやモッコを使って飛行場まで運ぶ。そして、ローラーで固め、滑走路面をつくる。

子どもや女性も勤労奉仕で毎日参加した。子どもは手のひらにできたマメを自慢しあった。

ある文章によると、若い女性のなかには、銀幕女優、李香蘭（山口淑子）の「夕月乙女」という映画挿入歌を口ずさみ、励まし合って作業した人たちがいた。料亭街の女性も客がいない昼間は、もんぺ姿で作業に出た。

飛行場建設さなかの2月23日。米軍が突如、姿を現した。

その日の早朝、サイパン、テニアンの住民は、日本軍が放つ高角砲（対空射撃用火砲）の音で目を覚ました。人々が空を見上げると、見慣れない米軍機が飛び回っている。日本軍が必死に地上から放つ砲弾は、米軍機に全く当たらない。第一飛行場や港、それに製糖工場から、大きな煙が上がっていた。

テニアンが初めて経験した空襲だった。

空襲をおこなったのは、レイモンド・スプルーアンス司令長官率いる中部太平洋軍（1944年4月「第5艦隊」に改称）の第58任務部隊。サイパン、テニアン両島の日本軍施設が攻撃目標で、なかでもテニアンの第一飛行場と配備戦闘機の破壊を目指していた。任務部隊は奇襲を狙っていたが、前日に着任直前の日本軍戦闘機と偶然空で出くわし、空中戦を演じている。日本軍も必死に応戦したが、任務部隊が圧勝。住民が見た空を飛び回る米軍機は、空中戦を制した後の余裕の飛行だったのだ。

任務部隊はこの時の攻撃で、日本の戦闘機100機以上を撃破したと報告している。テニアンに配置された日本軍の機体数ははっきりしないが、百数十機だったとみられるので、この空襲で大半を失ったことになる。

真珠湾攻撃の中核だった機動部隊と同じ名前を持つ第一航空艦隊だったが、空母を持たないどころか、飛行機を持たない航空艦隊になってしまった。

米軍機と交戦した航空兵、井上昌巳が戦後、テニアンでの体験を書いた『テニアンの空』(1987年)によると、当時の大本営発表は、空襲した米軍機の数を「約200機」とし、第一飛行場にいた兵士が多数犠牲になったことを書いている。兵士たちは降り注ぐ砲弾から逃げるため、コンクリートの防空壕に身を隠したが、壕自体が粉々に壊され、そのなかで無残な死を遂げたという。

空襲の翌日から、砲弾の嵐がうそのように、米軍機は来なくなった。住民は穴だらけになった滑走路を修理することになった。倉庫が燃え、砂糖が「アメ玉」になってしまった製糖工場も、稼働再開を目指した。多くの住民はひとまず安心した。しかしなかには、「次はもっと本格的な空襲になる」と予想し、家族を避難させる洞窟探しを始める人もいた。

3月上旬、住民の気持ちをさらに暗くする出来事が起きた。満州から転戦した陸軍部隊がサイパンに到着したが、上陸した部隊を見て、住民はあ然とした。みんな、武器を持っていないのだ。しかも、大半が命からがら、たどり着いた状態だった。

満州の関東軍直轄師団だった陸軍第29師団は、2月10日、中部太平洋への転戦命令を受けた。この頃、軍は南洋群島という言葉を使わなくなり、中部太平洋と呼ぶようになった。師団は朝鮮半島南部の釜山で崎戸丸、安芸丸、東山丸に分乗し出航。兵士ら約3900人を乗せた崎戸丸は、広島港（宇品地区）を経由し、サイパンに向かった。しかし、2月29日に魚雷を受け、沈没。約2200人（約2500人という資料もある）が船から流れた重油で油まみれになりながら、太平洋の波間に消えた。

サイパンに到着したのは、近くの駆逐艦に救助された兵士たちだったが、多くが重傷者。サイパンに上陸した兵士はみんな顔が青ざめ、まともに戦える状態ではなかったという。

第29師団は、それまで海軍しかいなかったマリアナ諸島に派遣された、初めての本格的な陸軍部隊だった。「大陸で活躍する日本陸軍は強い」。住民たちは何度もそう聞かされていたので、陸軍の援軍を心待ちにしていた。しかし、目の前に現れたのは、なんとか島にたどり着いた無残な姿の兵士たちだった。

「日本陸軍が米軍を蹴散らしてくれる」。住民たちが信じていた期待は、音を立てて崩れた。武器を持たずに上陸する兵士を「裸部隊」と呼ぶ人までいた。

「機械をください」

「クワとモッコだけじゃ、お話になりませんよ。機械をください。アメリカは4日か5日で飛行場をつくるというじゃありませんか。機械を持ってきてください。そうすれば寝ないで、アメリカに負けずに早くつくってみせます」

1944（昭和19）年3月中旬。南洋興発テニアン製糖所の藤原正人所長が、飛行場づくりの状況を視察に来た中部太平洋方面艦隊司令長官の南雲忠一中将（最終は大将）に機械導入を直訴した。

自ら先頭に立ち、モッコを担いで土砂を運んでいた藤原所長。南雲司令長官は黙って聞いた後、「すまん、藤原君。そう言うなよ。君の言うとおりだ。無理を言ってすまんが、よろしく頼むよ」と、苦笑いしたという。

このやりとりは、南洋興発元社員の親睦会「南興会」の会報のなかで、戦時中のエピソードとして紹介されている。

元社員が見たことを書いたのだから本当なのだろうが、当時は民間人が軍幹部にものを言うことなど、一般には考えられない時代。ましてや南雲は真珠湾攻撃の中核となった第一航空艦隊の司令長官を務めたほどの海軍大幹部だ。そんな人に藤原は食ってかかるような発言をしたのだ。筆者もこの文章を読んだ時、大胆な言葉にびっくりした。

藤原は大柄で豪快。その一方、仕草がどことなくユーモラス。旧制杵築中学（大分県）卒の九州男児。ストレートに意見を言うものの、人から憎まれないキャラクターだったという。テニアンに着任した多くの海軍幹部を酒と歌でもてなしてきた。「機械をください」の直訴には、そばにいた軍と南洋興発関係者が肝を冷やしたが、藤原はこの後、南雲を会社の施設で接待している。

モッコを担ぎ、汗まみれになりながら機械の必要性を訴えた藤原所長。南雲司令長官は、藤原のあまりにストレートな強い訴えに、怒る気持ちにならなかったのだろう。

4か月後、南雲はサイパンでの米軍との戦いで自決。藤原もサイパンで自決したとみられる。

ところで、藤原が直訴した土木建設機械の導入。軍はどう考えていたのか。

海軍は、開戦4か月前の1941年8月、海軍施設本部を設置し、土木建設機械の研究を始めている。太平洋戦争初期、日本軍が太平洋のウェーク島を占領した際、米軍が使っていた機械に注目し、小松製作所に開発を指示した。同社は1943年1月、建設用ブルドーザー（当時は「均土機」などと呼んだ）を製造。その後も生産を続けた。

しかし当時の日本は、量産能力で米国に大きく劣ったうえ、ブルドーザーを戦地に運ぼうとした船が、米軍の攻撃で沈没したこともあったようだ。

女性や子どもまで動員し、人力に頼ったテニアンの飛行場建設だったが、軍が機械に全く無関心だったわけではなく、生産能力の問題に加え、「機械を持ち込みたいが、米軍の包囲網のためにできなかった」というのが実態のようだ。

悲劇の海

1944（昭和19）年2月、3月は魔の2か月だったが、この時期の最大の悲劇は、引き揚げ船の沈没だった。死者数が多いのは3月6日、硫黄島近くで米潜水艦ノーチラスの魚雷を受け沈没した亜米利加丸だ。乗客、船員合わせて599人が犠牲になった。

亜米利加丸は優雅な和室を備え、平和な時代なら、ゆったりと船旅を楽しめる豪華大型客船だった。この時も南洋庁職員や南洋興発幹部社員の家族らが優先され、乗船していた。しかし、大型船は目立つ分、魚雷の標的になりやすかった。沈没の知らせはすぐサイパン、テニアンに届いた。両島の指導的立場の人たちの家族が犠牲になったことは、住民に強い衝撃を与えた。「町は一瞬にして、お通夜の気分に沈んでしまった。家族全部を一時に失って、ひとりだけになった人がたくさんできた。この時を境にして、ガラパンの町は死んでしまったように思われた」

山形移民の娘、菅野(旧姓・三浦)静子が『戦火と死の島に生きる』で、亜米利加丸沈没の知らせを受けたサイパンの様子を書いている。船にはテニアンの住民も多く乗船していた。お通夜のようになったのは、テニアンも同じだったと思われる。

旧防衛庁が1967(昭和42)年に出した『戦史叢書 中部太平洋陸軍作戦』によると、引き揚げは1943年末頃から、「婦女子と14歳以下、60歳以上」を対象に検討されていたが、実施されたのは1944年2月の初空襲後だった。

引き揚げ船の沈没は、沖縄から長崎への学童疎開船対馬丸(1944年8月沈没)が知られているが、対馬丸のように戦後も語り継がれる船は、全体のごく一部に過ぎない。太平洋から沖縄・台湾近海の広大な海域で、軍船か民間引き揚げ船かに関係なく悲劇が繰り返された。救助された人はわずかで、乗船者の大半が太平洋の海に消えていった。

本土に向かう船は少しでもリスクを減らそうと、ジグザグ航行した。また夜間、光が漏れないように船全体に幕をかけたりした。それでも多くの船が潜水艦の標的になった。

船に乗るべきか、島に残るべきか。サイパンやテニアンの多くの家で、夫婦間の議論になった。

女性や子どもらの引き揚げは、米軍からの避難も理由だが、「女、子どもは戦いの足手まといになる」という考えがあった。60歳以上の男性も「防衛に直接不必要な者」という扱いだった。夫や父親は、服に名前を縫い付けたもんぺ姿の妻や子どもを港で見送った。船が出た後「家族がいなくなって、すっきりした」と強がりを言う人もいた。しかし、本心は違った。

加藤十時の『老のたわごと』によると、妻子を見送った多くの男性は、船が本土に着くかどうか気が気でなく、夜も眠れない状態だった。

当時、船の出入港や航行情報を民間人が電報で伝えることは禁じられていたという。家族が本土に着いたのか、船会社や役所に問い合わせることすらできなかった。本土に着いた妻は、到着の連絡と思われない文面で、島に残る夫に知らせようとしたという。しかし、音信不通が長引けば、夫は「船が沈没したのだろう」と考えるしかなく、悲嘆にくれていたという。

多くの船が沈没している。しかし、島はいずれ戦場になる。逃げ場のない状況だった。運命はまさに「神のみぞ知る」状態だった。

『中部太平洋陸軍作戦』には、テニアンから本土への引き揚げ者を約2300人と記している。これは引き揚げ命令前と、その後の島内の人口を比較した数字とみられる。しかし、どの程度の人が無事本土に戻ることができたのか、沈没の犠牲者がどの程度いたのかははっきりしない。『アメリカの教科書に書かれた日本の戦争』(越田稜編著、2006年)によると、米国のある歴史の教科書には、「米潜水艦は日本の輸送船団の約50%を破壊した」と書かれているという。

住民のなかには、小船で本土に渡った人もいた。

早稲田大学名誉教授(英文学)の照屋佳男(1936年生)は1944年2月、7歳の時に、小さな木造船で母親、兄弟と一緒にテニアンを脱出し、横浜に20日間かけてたどり着いた体験をしている。

小さな船だったため、魚雷の標的にはならなかったが、船は航行中、激しく揺れ続けた。照屋は2014(平成26)年に「私の戦争体験」と題した学生向けの講演をした。

「木の葉のような小船から海に身を乗り出し、弟のおしめを海水で洗っていた母親の姿や、途中で上陸した小笠原諸島の父島で、憲兵が母親に「テニアンから引き揚げたことは絶対に口外するな」と命じていたのを鮮明に覚えている」という内容を語っている。

軍民協定

1944（昭和19）年4月1日、中部太平洋方面艦隊と南洋興発は、「軍民協定」と呼ばれる協定書に調印した。軍と民間の一体化で、マリアナ諸島の防衛強化を図ることが目的とされ、同艦隊参謀長の矢野英雄少将と、南洋興発の小原潤一取締役の間で交わされた。

南洋興発が軍に全面協力し、施設、農場、宿泊施設、それに生産物の全てを軍管理下に置くという内容だ。代わりに、軍が南洋興発の経済損失を補てんすることも盛り込まれた。

軍民協定をめぐっては、協定によって会社と住民が軍に全面協力させられたという見方がある。ただその一方で、戦時下の出来事を追っていくと、住民や南洋興発が既に十分すぎるほど軍に奉仕していることが分かる。

海軍の信頼が厚く、軍で「少将待遇」だったという南洋興発の栗林徳一社長は、会社の事業エリアが戦場と重なったことに経営的危機感を強く抱いていたという。「これだけ犠牲を払って軍に協力しているのだから、きちんと文面化したい」「将来、補償を求める根拠にしたい」。軍民協定は軍の協力要請だが、南洋興発にもそうした狙いがあったと筆者は考えている。

米軍来襲

「海上を北進する敵機動部隊を発見。残り少ない飛行機がつぎつぎと離陸していったが、金属的なうなりをあげて急降下する敵艦上攻撃機の波状攻撃がテニアン全島をゆるがし、味方の地上砲火も沈黙した」

2月の空襲から3か月半後の6月11日。サイパン、テニアンの悪夢が始まった。スプルーアンス司令長官率いる米第5艦隊は太平洋の小島、環礁伝いに「蛙跳び」作戦を続けていたが、ついに目標地点のひとつであるマリアナ諸島に到達。両島に激しい空襲を仕掛けた。この文章は、大高勇治という元海軍中尉が1951年に出版した体験記『テニアン　死の島は生きている』（1951年）のなかで、その時の空襲の激しさを書いたものだ。大高の本は戦争、占領下時代のテニアンの出来事を兵士目線で具体的に書いていて、筆者は本書の執筆で非常に参考にしている。

米軍は6月7日頃からエニウェクト環礁（マーシャル諸島）などを500隻を超える大艦隊で出発。11日にサイパンとテニアンに空から襲いかかった。テニアンの第一航空艦隊も応戦を試みたが、飛び立った戦闘機が戻ってくることはなかったという。基地を破壊し、日本軍の反撃能力を奪った米軍は13日、大艦隊をサイパンの正面と、テニアンとの海峡にかけ停泊させる。

そして、軍艦からの艦砲射撃を両島に浴びせ始めた。

この章の最初に「強烈な光の大艦隊」として、テニアンの住民が島の山から米軍の大船団を見て驚いた様子を書いた。それはこの6月13日以降のことだ。

米軍はその2日後の15日にサイパン上陸作戦を決行。「Dデイ」と呼んだ。Dデイは世界史的には通常、欧州戦線のフランス・ノルマンディー海岸の上陸作戦日（6月6日）を指すが、米軍はサイパン上陸日もDデイと呼んでいた。米軍は欧州と太平洋で、ほぼ同時期に大きな上陸作戦を実行したことになる。

日本軍は、米軍のサイパン上陸を受け、「あ号」と名付けた空からの奇襲攻撃による米艦隊壊滅作戦を実行するが、無残な結果に終わった。日本軍機は待ち構える米軍機に立て続けに撃ち落とされた。米軍は「マリアナの七面鳥撃ち」と笑ったという。

サイパンに上陸した米軍は7月に入り、日本軍と民間人を島の北部に追い詰めた。日本軍は最後の抵抗を試みたが壊滅し、民間人も多くが断崖から海に身を投げた。7月9日、米軍はサイパン占領を宣言した。

日本本土を直接叩くことができるサイパンを米軍が占領したことは、日本の劣勢がもはや挽回不可能なほど決定的になったことを意味した。東条英機内閣がその直後に退陣したことが示すように、太平洋戦争の大きな転機になった。

一方、米軍にとってサイパンは別の意味を持つ戦いでもあった。米軍はそれまで日本の軍人しか見てこなかった。しかし、サイパン上陸作戦で、日本の民間人が多数住む市街地での戦闘を初めて経験した。軍人でもない人たちが、かたくなに投降を拒み、崖から投身する姿を見て驚いた。米軍はサイパン占領以降、日本の民間人とどう向き合うか、対応を迫られることになる。

サイパンを占領した米軍の目は当然、隣のテニアンに移った。

しかし、すぐに上陸しようとはしなかった。米軍が上陸作戦を実行するのは7月24日。サイパン占領から2週間後のことだ。その間の艦砲射撃は、サトウキビ畑や樹木のあった場所を丸裸にしたり、土地の形状を変えてしまうほど強力なものだった。艦砲射撃は人に直撃しなくても、飛び散る破片が「高速で飛ぶ刃物」になり、多くの命を奪った。

しかし、夜になると砲撃を止めたようだ。そして、不気味なほど堂々と停泊を続けた。その存在感は圧倒的だった。

一方、日本軍はどうか。兵士に武器は行き渡っていなかった。第一飛行場に使用可能な機体はほとんど残っていなかった。陸軍守備隊が援軍要請をしたが、「友軍」と呼んだ援軍は姿を見せなかった。目の前に敵がいながら、全く反撃できないほど、日本軍は弱体化していた。

テニアンの多くの住民はサイパンに家族や親戚がいた。しかし、家族、親戚、友人がどうしているのか。無事なのか死んだのか、何ひとつ分からなかった。

米軍の上陸後、夜は暗闇だったサイパン島内だが、しばらくすると、米軍がつけたと思われる電灯の光がテニアンからも見え始めた。それはサイパンが日本の島からアメリカの島に変わろうとしていることを、テニアンの人たちに感じさせた。

米軍がそのまま去ってくれないか…。極限の緊張のなか、そんな淡い期待を多くの住民が抱いていたことを、加藤十時は『老のたわごと』のなかで書いている。軍人も同じだった。敵の上陸を待っているのは、「死刑囚が刑の執行を待っているような」気持ちだったと、元海軍中尉の大高が『テニアン　死の島は生きている』で書いている。

その後、壮絶な戦闘を体験することになるテニアンの人たちだが、米軍上陸前の2週間も精神的に追い詰められた日々だった。

ところで、この2週間の間に、角田覚治中将をはじめとする海軍第一航空艦隊の隊員たちが潜水艦でテニアンから脱出しようとした計画があった。

脱出の極秘指令が出たのは、米軍サイパン占領後の7月14日。夜に米軍の目を盗んで島からボートで脱出し、周囲に浮上させた潜水艦に乗り込む作戦だった。グアムでは実際にその作戦で伊号第41潜水艦が日本軍の航空兵を救出している。

ただ、テニアンではうまくいかなかった。夜とはいえ、島の周囲には多くの米艦船が停泊している。潮流もある。密かに潜水艦とボートを合流させるのはタイミングがむずかしく、結局、断念した。

第一航空艦隊は既に陸上攻撃機をほぼ全て失っていて、角田中将も島駐留の軍人のなかで最高位の階級にありながら、実際の指揮は陸軍守備隊長に譲っていた。脱出の理由は「部隊を再編し、島外から米軍を攻撃する」というものだったようだ。確かに飛行技術を持つパイロットを失いたくないということも、理由にあったと思われる。

しかし、計画を知った陸軍部隊は怒っていたようだ。当時は、軍人はもちろん民間人も「太平洋の防波堤たらん」と、体を張って米軍の進撃を止めるよう教えられていた。飛行機がないからといって脱出するというのは、さすがにほかの部隊や民間人には理解されなかった。

脱出に失敗した角田中将は米軍との戦闘で戦死した。加藤十時は、角田の死について「脱出かなっても救援かなわず、何のための脱出ぞと笑われるより、島で散華した方が死に花だったろう」と書いている。

テニアン上陸

7月24日、不気味な停泊を続けていた米軍がついに動いた。

米軍の上陸作戦。戦争をスポーツに例えるのは良くないかもしれないが、あえて分かりやすく言えば、「相手を片方のサイドに引きつけ、逆サイドから一気に突く」作戦だった。要はフェイントだ。サンゴ礁の海で日本軍が銃を構える陸地への上陸を何度も経験した米軍。自軍の犠牲をできるだけ抑えて上陸するため、彼らが編み出した戦術だった。

24日未明、米軍は2つの海兵師団を別々の場所に待機させた。第2師団をテニアン町正面に、第4師団を島の北西海岸沖に配置した。北西部の海岸はサンゴ礁の浅瀬の海が広がっているうえ、浜辺がとても狭く、日本軍は軍隊が上陸できる場所とは考えていなかった。

町正面の第2師団は早朝、上陸用舟艇100隻以上を海におろし、島に接近する気配を見せた。陸軍・緒方敬志大佐率いる守備隊は、海岸の砲台から一斉に発砲。午前9時頃、第2師団は撤退を始め、日本軍は喜びに沸いた。しかし、喜びはつかの間だった。北西部の海岸で、午前7時すぎから第4師団などがほぼ無血状態で上陸を始めていた。改良を加えた水陸両用トラクター（LVT）が作戦を支えた。

日本軍は大慌てで上陸地点に向かうが、途中に密林もあり移動に時間がかかった。日本軍は結局、上陸阻止を断念。米軍はそのまま海岸近くの第一飛行場を占拠した。

24日深夜、日本陸軍守備隊は3隊に分かれ、米軍を取り囲む形で配置についた。海軍部隊も守備隊の指揮下に入った。25日午前0時、3隊は一斉に突撃を始めた。しかし、日本軍の突撃を予想している米軍は、絶えず照明弾を打ち上げ、周囲を照らして日本軍を見張り続けた。十分な銃弾も持たない日本兵は次々に倒れ、ほとんど米軍に打撃を与えられないまま力尽きた。3隊はまもなく、ほぼ全滅。この一夜の日本軍の戦死者は約2500人とされる。

「兵隊は悲惨だった。米軍は照明弾で周りを昼間みたい明るくしていた。日本の兵隊は相手が見えない中、光のなかに突撃するようなものだった。だから、バタバタとみんな倒れたんだ」

福島移民の子、伊藤久夫は、当時10歳の少年だったが、戦闘を生き延びた兵士が突撃の様子を話していたことを鮮明に記憶している。

25日は多くの民間人の家で、父親の命日になった。義勇隊として、攻撃参加が命令されていた男たち。多くの父親が前夜、家族と食事をした後、覚悟を決めた表情で外に出て行ったという。家族がその後、父親の姿を見ることはなかった。

日本軍の司令部と飛行場を占拠した米軍はその後、1日2、3キロというゆっくりとしたスピードで、荒れ果てたサトウキビ畑を南に進んだ。日本人も当然、追われるように南に向かった。進軍がスローペースだったことは、多くの人が感じていたという。ある体験者は「米軍はサイパンの経験を踏まえ、民間人が混乱することを避けようとしたのだろう」という推測を、戦後本に書いている。ただ、筆者の見方になるが、進軍の遅さが逆に民間人の犠牲を生んだ可能性もある。民間人と軍人が一緒に行動するようになったからだ。民間人は生き残るため、軍に頼るしかないと考えていた。軍人も島の地理、地形に詳しい住民が案内役として必要だった。

サイパンではチャモロ人、カロリン人が日本軍と逆方向に逃げ、多くの人が助かった事実がある。テニアンでも、日本軍と行動を共にしなかった朝鮮人は、日本人より犠牲者が少ない。軍を頼った料亭街の女性たちは多くが命を落とした。

少し前まで、島の繁栄の象徴だったサトウキビ畑。連日の艦砲射撃で無残な姿になっていた。ただ畑の周囲には、かろうじて相思樹などの防風林が残っていた。住民は夜、相思樹の並木道を月の光を頼りに必死に歩いた。

小さい子や赤ちゃんがいる家族は大変だった。親と兄、姉が小さい子を励ましたり、あやしたりしながら移動を続けた。日本軍も荷車に砲弾を積んで進み、住民と軍人は追いついたり、追い越したりする関係になっていた。夜なので、ぶつかりそうになることもあった。そんな時、軍人のなかには、怖い形相で住民を怒鳴りつける人もいた。その一方、住民に励ましの言葉をかける軍人もいた。

軍人と住民が向かった島の南東部。そこはカロリナスと呼ばれるジャングルの台地だった。その先はもう、太平洋の荒波がぶつかる断崖しかない。

戦闘の終焉

「ジャングルに飛び込んで私は目をみはった。おびただしい死骸が打ちすてられたようにころがり、腐って、ハエとウジが群がりついている。かなたの木陰に、こなたの岩陰にと、うつろな目をした女が腰かけ、老人がうずくまり、子どもが寄りかかっている」（一部筆者が字句修正）

元海軍中尉、大高勇治の著書『テニアン　死の島は生きている』によると、軍旗がカロリナスに移されたのは米軍上陸４日後の７月28日。大高はこの頃、カロリナス台地の密林のなかで見た民間人たちの様子を、こうつづっている。

スローペースで追ってきた米軍は30日頃、テニアン町に入り、さらにカロリナスの周辺を取り囲んだ。日本人の残された逃げ場はカロリナスの密林と海に突き出た断崖のみ。そこには至るところに岩の裂け目があり、その奥に自然洞窟があった。何人も入れる洞窟もあれば、横たわるしかない狭い洞窟もあった。まず民間人が入った。軍人もこの頃は、指揮系統があってないような状態だった。民間人の後を追うように潜り込んだ。

広い洞窟は民間人と軍人の同居状態になった。そんな洞窟では軍人が主のようになり、民間人は小さくなっていた。赤ちゃんがいる家族は、赤ちゃんの泣き声が聞こえないようにするのに必死だった。スズラン通りの項で反物行商の中国人家族がいて、中国人という理由から命の危険にさらされたと書いた。それはこの洞窟での出来事だ。「あの家族は中国人だ」と軍人に告げる人が住民のなかにいた。家族は銃を持つ軍人の険しい目が気になり、眠ることもできなかったという。

どの人も飢えていた。ただ、人々を最も苦しめたのは渇きだった。

「飢えは度を越すと感覚がなくなる。しかし、渇きは耐えられるものではなかった」

筆者もある洞窟体験者からそんな話を聞いた。小さな子を持つ親のなかには、夜、洞窟から崖を這い上がり、樹木の水分を布に含ませ、再び洞窟に戻って子どもにその水分を吸わせる人がいたという。

「水を思いっきり飲んで死にたい」

極限の渇きと疲労のなかで、そんな気持ちになった人も少なくなかったようだ。

「どうやって死ぬか」「家族をどう死なせるか」――。

いつの間にか「死に方」が人々の最大のテーマになっていた。

戦後書かれた回顧録などを読むと、多くの民間人が手榴弾を持っていたことが分かる。手榴弾はもちろん武器であり、本来民間人が簡単に入手できるものではなかった。しかし実際には、多くの民間人が自決の手段として手元に置いたようだ。義勇隊に参加した際に受け取った人もいれば、親しくなった軍人からもらった人もいた。

集団自決を決意した父親は家族を集め、小さな儀式をおこない、安全ピンを抜いた。「天皇陛下万歳」と叫ぶ人もいれば、家族全員で歌を歌う人たちもいた。歌は「海ゆかば」が多かったという。「海ゆかば」は当時のラジオが玉砕報道の際に流した歌。天皇のために命を捧げることを尊ぶ歌詞と重厚なメロディーで、自決を促す誘導装置のようになったようだ。「手榴弾を私たちに投げつけてください」「その銃で私たちを殺してください」

武器を持たない民間人のなかには、軍人にそう訴える人もいた。

崖では、多くの人が飛び降りた。

太平洋の波がぶつかり、大きな水しぶきを上げるカロリナスの断崖。米軍から取り囲まれた30日から31日にかけては、海に身を投じる人が後を絶たなかった。

小さな子どもを突き落とし、その後を追って、飛び降りる親がいた。一緒に手をつないで飛び降りる親子もいた。多くの人が意を決した表情で断崖から身を投じた。加藤十時は『老のたわごと』で、波間に漂う人たちの様子を「木の葉を浮かべたようだった」と書いている。

若者のなかには、海に飛び込んだが泳げるために死にきれず、波間でもがく人も少なくなかった。体重の軽い子どものなかには、落ちる途中に木の枝にひっかかったり、海面に浮かぶ遺体の上に落ち、助かるケースもあった。

大高元中尉は著書のなかで、崖から浅瀬の海に飛び降りたが、奇跡的に大きなけがもせず、すぐに起き上がった女の子がいたことを書いている。

女の子は起き上がってポカンと周りを見渡した後、崖の上を見上げた。そこには、何かにぶら下がったまま既に絶命した女性の姿があった。母親だ。女の子は「お母ちゃん」と大きな声を上げると、その後長い間、泣き続けたという。

飛び降りるのではなく、海水で身を清め、落ち着いた表情で入水する人もいた。こうした振る舞いは、遠くから見ていた米兵を驚かせた。

筆者が元住民の回顧録を読み、「これ以上の悲劇はない」と感じるのは、家族の命に終止符を打った人たちがいたことだ。艦砲射撃の破片が当たり、激痛に苦しむ瀕死の子を楽にしてあげたい。体が動かなくなった高齢の親が「自分を殺してくれ」と懇願してくる。そんな状況がさらなる悲劇を生んだ。

筆者は昭和30年代生まれ。災害やさまざまな社会問題は経験したが、戦争のない日本で生きてきた。本書の目的は戦前、戦時下のテニアンを具体的に描くことだが、カロリナス台地と断崖で起きたことを、本当に理解することは、正直筆者には無理だと感じた。筆者の想像をはるかに超えた出来事だ。

「こんなことが二度と起きてほしくない」「あってはならない」――。

そう考えるのが精いっぱいだ。

この壮絶な出来事があった日々も、夕焼けや夜の星空は、いつもと変わらず美しかった。これも悲劇を体験した何人かが後に書いている。太平洋に突き出たカロリナス台地の断崖は、サイパンにある崖と同様、「スーサイドクリフ」と呼ばれている。


7月31日の夜、陸軍守備隊長の緒方敬志大佐、海軍第56警備隊司令の大家吾一大佐らが率いる部隊は最後の力を振り絞り、カロリナス台地の一角に陣取った米軍に突撃した。突撃前、日本に向け、最後の無線電信を発信し、無電機を壊した。

2か月後の10月1日の朝日新聞はテニアンの軍と民間人が全員戦死し、婦女子も自決したと報じた。

「全員壮烈な戦死　全在留同胞共に散華」

記事は電報を「七月三十一日夕刻テニヤン島（ママ）から発せられた」としている。

そして、1944年（昭和19）年8月1日、米軍は島の占領を宣言し、星条旗を掲げた。宣言翌日の2日深夜から3日未明、日本軍は最後の突撃をおこない、その後、幹部将校らが自決した。テニアンでの組織的戦闘は終わった。


テニアンの戦闘でどのくらいの人が死亡したのか。

破壊されたテニアン町
(『沖縄県史 資料編15』旧南洋群島関係写真資料:米国立公文書館所蔵)

まず、民間人。米軍砲撃の犠牲者、軍の作戦への参加者、そして自決。高齢者から赤ちゃんまで、さまざまな形で命を落とした。テニアンの日本人収容所の中島文彦は、終戦直後に外務省に提出した報告で、死亡者は「総計3500名に達することと思う」と書いている。この3500人という数字がその後、概ね定説になっている。

軍人はどうだったのか。旧防衛庁『戦史叢書 中部太平洋陸軍作戦』によると、テニアンには当初、陸海軍合わせて8111人がいて、戦死を「5000名以上」としている。

ただ、5000人以上という数字はあまりに少ない。戦闘自体の死者数かもしれないが、けがや病気のため死亡した人を含めると、実際はずっと多かったはずだ。大高元中尉は『テニアン　死の島は生きている』で、戦闘直後の敗残兵の数について「1000人近くいた」と書いている。この数字が正しければ、戦闘終結時点で既に戦死者は約7000人いたことになる。

実際に、戦後日本の土を踏んだ兵士は非常に少なかった。米軍は占領後も、潜伏生活を続ける敗残兵の掃討作戦を何度もおこなった。カール・ホフマンという米海兵隊の将校が、海兵隊の戦史記録として書いた『シーザー　オブ　テニアン（テニアン占領）』（1951年）によると、占領後の掃討作戦で日本兵542人が死亡している。また、複数の本によると、終戦時のテニアンの日本兵捕虜は252人で、終戦後に投降した兵士が61人とされる。

ただ、日本兵のなかには、ボートによる脱出に失敗して海上で拘束され、その後、ハワイや米本土の収容所に送られた人たちもいた。単純計算による日本兵の生存者数と死者数の推定は避ける。

島内に約2700人がいたとされる朝鮮人はどうか。占領後に米軍がつくった民間人収容所に2357人いたという数字がある。終戦後の引き揚げ時点の朝鮮人の人数を約2500人と書いているものもある。死者数を推定するのは避けるが、日本人よりかなり少ないのは確かなようだ。日本軍や日本人と行動を共にせず、追い詰められる前に投降したためと筆者はみている。

一方、この戦闘による米軍の死者はどうだったか。

テニアン占領作戦に参加した米軍は海兵隊員ら計約4万人がいたが、このうち死者は389

人（死者・行方不明者416人という数字もある）だった。日本軍に比べ圧倒的に少ないだけでなく、米軍が太平洋でおこなった日本軍との戦いのなかでも、極めて犠牲者が少ない成功例だったようだ。カール・ホフマン著『テニアン占領』によると、第5艦隊のスプルーアンス司令長官は、テニアンの戦いを「私の考えでは、第二次世界大戦のなかで最も見事に計画、実行された水陸両用作戦だった」と評価した。

「玉砕」の誤解

テニアンの戦闘に関しては、2つのことを付記したい。

ひとつは、太平洋戦線で初めて、本格的にナパーム弾が使われたこと。ナパーム弾は、米国が第二次大戦中に開発したゼリー状燃焼剤「ナパーム」を詰めた焼夷弾。連合国軍が欧州戦線の新兵器として使用し、太平洋戦線のサイパンにも持ち込んだ。火を付けたガソリンを落とすような新兵器の威力にサイパンの米将校たちは喜び、テニアンで試用、効果を確信した。ナパーム弾はその後の日本本土空襲で大量に使われることになる。

ふたつめは、テニアンの戦闘で「全員壮烈な戦死　全在留同胞共に散華」と、大本営発表に基づき報じられたことについてである。

全員死亡という情報は戦時中、サイパン、テニアンの生存者を放置することにつながった。テニアンの元住民や兵士が戦後書いたものを読むと、多くの人が米軍占領後も「友軍（日本の援軍）が来る」と信じていた。しかし、日本軍が島の奪還と日本人救出に動くことはなかった。

そして戦後も、全員死亡という誤った情報は、「玉砕」という言葉と重なり、長い間、多くの人に誤解を与え続けた。

「本当におまえなのか。死んだと思っていた」「生きていたよ。収容所で元気で暮らしていたよ」

戦後、引き揚げ者の多くの実家で、こんな会話が交わされた。新聞が報じた「全員戦死　全同胞散華」という言葉。多くの人が言葉どおり受け止めていた。

テニアンで戦死した陸軍守備隊長、緒方敬志大佐の妻も誤解していた一人だ。新聞記者、加藤は戦時中、同じ熊本県出身の緒方大佐と懇意にしていたため、昭和50年頃、緒方の妻が熊本県内の病院に入院したことを知ると、見舞いに訪れる。すると妻は、びっくりした表情で加藤を出迎えた。テニアンの守備隊長、緒方の妻は、島にいた軍人、民間人が一人残らず「全員」死亡したと、戦後30年間、信じていたのだ。これには見舞いに訪れた加藤も逆に驚いたようだ。

戦闘が終わったテニアン。島は米軍の占領下で新たな時を刻み始める。

Ⅵ　米軍の島、「小さな戦後」

投降、日系兵

「戦争は終わりました。これ以上戦っても無駄です」「そんなところに、いつまでいるつもりですか。アメリカ軍最高司令官は、日本人を助けたいと言っているのです。アメリカの兵隊は、おいしい食べ物と水を持って、あなた方を待っています」

惨劇の後の静けさが訪れたテニアン。米軍占領後、断崖の洞窟周辺で、たどたどしい日本語の放送が拡声器から流れるようになった。

放送は英語の短いあいさつがあり、音楽が流れた後、日本語による投降の呼びかけがおこなわれた。マイクを握ったのは、ハワイ出身の日本語を話せる日系2世兵が多かった。

最初は誰も反応しない。軍人も民間人も、投降したら残虐な方法で殺されると教えられていた。多くの人はそれを信じていた。軍人は「生きて虜囚の辱を受けず」で知られる戦陣訓の教えが染みついていた。戦陣訓は陸軍で通達されたものだったが、捕虜になることを拒む考えは海軍も同じだった。民間人も捕虜になることを「末代までの恥」と教えられた。

反応がないため、米軍の放送は次第に具体的になっていく。

「そこで赤ん坊を抱いている奥さん、なにをぐずぐずしているのですか。早く崖を登りなさい」「青い服の兵隊さん、崖を登りなさい。絶対に命は保証します」

米軍は崖の正面の海に船を停泊させ見ていたので、洞窟の様子をよく知っていたのだ。しばらくすると、先に投降した日本の民間人が米軍と一緒に来て、呼び掛けに加わるようになった。そして、具体的な人名を出すようになった。

「キャンプには商業組合長の徳松さんもいます。製糖会社の中川さんもいます。みなさん元気です」

米軍のもとで行動することは、日本軍から見れば、まさに「非国民」「国賊」だ。日本兵から命を狙われる危険なことだった。それでも米軍が投降者を保護することを知った人のなかには、積極的に呼びかけに参加する人が出てきた。

時間の経過とともに、米軍の言葉は荒っぽくなる。あくまで投降を拒否する洞窟には、攻撃や爆破を予告するようになり、実際に掃討作戦を始めた。

「すぐ出てきなさい。8時まで待ちます。8時になったら攻撃を始めます」「約束の時間です。われわれは攻撃を始めます。日本の兵隊、永久にさようなら」

こうなると、無視すればいいというわけにはいかなくなる。民間人はもちろん、軍人も動揺した。

穴の外から聞こえる、「デテコイ　デテコイ　コレガサイゴデス」の声が壕の中に響いてきます。

「出る奴は、非国民としてうち殺すぞ！」

と、将校がおどします。光子さんが、立ち上がりました。

「みなさん、友軍は私たちを守ってくれません。どうせ殺されるなら、外に出て、ティダガナシー（お天道様）を拝んでから、あの世へいきましょう」と、よびかけました。

「やさ　やさ」（そうだ　そうだ）

儀間比呂志の版画絵本『テニアンの瞳』には、洞窟のなかの民間人が、投降を許そうとしない軍人を振り払い、外に出る様子が描かれている。絵本は、民間人が出た後、米軍が洞窟に手榴弾を投げ込んだため、軍人も大慌てで穴から飛び出すストーリーになっている。

儀間自身はこの時既に島にいなかったので、人から聞いたり、ある程度想像したりした話を描いたと思われる。ただ、これに近い出来事は実際にあった。

「民間人は助かっても、自分たちは殺される」

軍人はそう考えていたので、洞窟のなかで軍人と民間人の関係は非常に緊張していた。

ただ、洞窟を出ようとする民間人の背中を押した軍人もいた。

「ばかもの、待て！　きさまがそれ（手榴弾）を投げる前に、拳銃がきさまの頭をつらぬくぞ」

本書がたびたび引用している元海軍中尉、大高勇治著『テニアン』で、こんな大高自身の言葉が記されている。

大高のいた洞窟で、外に出ようとした民間人に「それでも日本人か。日本人ならおれたちとここで死ね」と怒鳴る兵士がいて、別の兵士が呼応し、「おれが片付けてやる」と民間人に手榴弾を投げつけようとした。大高はその兵士をこの言葉で制したというのだ。

「われわれはいま、他人の行為に対し、うんぬんすることはやめよう。もうこうなったら、自分が自分を処理する以外に道がないのだ。軍人でもかまわない。生きていたい者は出ろ」

大高元中尉は手榴弾を投げようとした兵士にこう語ったと書いている。映画のワンシーンのような、かっこよすぎる話なのだが、住民を脅す軍人がいる一方、この時の大高のように、民間人の行動を縛る権利がもはやないことを理解している軍人もいたのだろう。

投降をめぐる洞窟でのせめぎ合いは、大半が戦闘終了後2～3か月内に決着し、洞窟から出た民間人は、米軍がつくった収容所に入った。ただ一部の人はその後も逃げ続け、ある本によると、テニアンの民間人の最後の投降は1945（昭和20）年5月だった。

楼主と一緒に逃げ、洞窟で軍人に寄り添うことが多かった料亭街の女性たちも、楼主、軍人と離れ、投降した。料亭街の女性たちは収容所で初めて、彼女たちを縛っていた多額の借金と絶対的存在だった楼主から解放された。

投降してもなお、「自分たちはどんな方法で殺されるのだろう」とおびえていた人たち。収容所に移動するトラックのなかで、米兵から笑顔で話しかけられても、恐怖で体をこわばらせていた。

そんな人たちも収容所の門をくぐると、みんな、へなへなと力が抜けたという。多くの人が言葉を失った。有刺鉄線のなかとはいえ、小さな子どもが戦争を忘れたかのように駆け回っている。大人も知人、友人を見つけては、互いに肩をたたき合い、無事を喜び合っている。そんな様子を見たからだ。

「残虐な方法で殺される」と教えられていたからこそ、投降を拒み、この世の地獄と向き合ってきた。そんな人たちにとって、収容所の光景は信じられないものだった。

「なんのための逃避であり、なんのための自決だったのだろうか」「捕虜になることは日本国民の恥と教え込まれていたことなど、考えることさえ、ばからしくなった」

南洋興発専習学校同窓会の校誌には、収容所の門をくぐった時の正直な気持ちが書かれている。

軍人も米軍の爆破予告を受け、大半が洞窟から逃げた。ただ、軍人の多くは、米軍に見つからないように洞窟を離れ、その後、敗残兵として島内に散った。密林や刈り取る人もいなくなったサトウキビ畑に身を潜め、潜伏生活を続けた。

投降をめぐって、2点追記したい。

ひとつは日本人に投降を呼びかけた多くの米兵がハワイなど出身の日系2世だったこと。収容所に関する日本人の思い出話にも2世兵が多く登場する。

沖縄の移民ブームの説明でも書いたが、ハワイは人気の移民先だった。しかし、日本人移民排斥運動が起こり、米国は日本人に対する門を閉ざした。日系2世兵は、そんな排日が叫ばれた時代に育った人たちだった。

彼らは「アメリカで生きる以上、星条旗に忠誠を誓いなさい」と強く求められ、実際によき米国人であろうと、必死に努力した人たちだった。その一方、彼らの多くは、ハワイでサトウキビ労働に従事した移民1世の子どもだった。体ひとつでやって来て、英語も話せないのに必死に働いた親を見て育った。

日系2世兵が、テニアンの断崖で粘り強く、たどたどしい日本語で投降を説得したのは、元住民らが残した文章から明らかだ。

筆者の勝手な想像になるのだが、テニアンで投降を呼びかけた2世兵には、目の前の洞窟に潜んでいる人たちが、自分の家族と重なって見えたのではないか。そんな気がする。

洞窟に潜むサトウキビ農家の人たちが、貧しい境遇からハワイに来た自分の父親や母親に見えたのではないか。小さくなっておびえている子どもが、ハワイのサトウキビ畑で育った、小さい頃の自分に思えたのではないか。重なって見えないまでも、ある種の親近感を抱いたのではないか。あくまで筆者の想像だ。しかしそう考えると、彼らが粘り強く洞窟の日本人に向き合ったことが理解できる。

もうひとつは、少し突拍子もない話になってしまうのだが、米軍が投降勧告放送の際に流した音楽のことだ。米軍がかけた曲は複数あったようだが、大高元中尉の『テニアン』によると、「美しき天然」（別名「天然の美」）が、よくかかっていた。

曲名で分かる人は少ないと思うが、この曲をクラリネットで演奏し太鼓を叩くと、一定年齢以上の人は、「あの曲か」と気づくはずだ。チンドン屋が商店街を練り歩きながら、よく奏でているメロディー、いわゆるチンドン屋のテーマ曲だ。

少し哀愁を帯びた曲は、明治時代につくられた唱歌で、戦前からサーカス楽団の演奏や映画館の呼び込みなどに使われたという。

この曲を選んだ理由は何だったのか。米軍はどこでレコードを手に入れたのか。

これもまた筆者の推測であることを強調したいが、選曲は単に、多くの日本人が知っているという理由だったかもしれない。ただ、米軍元日本語専門官ウルリック・ストラウスの著書『戦陣訓の呪縛』（吹浦忠正監訳、２００５年）などによると、米軍は、太平洋の各戦線でおこなった日本兵捕虜の尋問経験から、どんなに戦争遂行の勇ましい言葉を口にしようとも、心のなかに、家族や故郷に対する捨てがたい思いがあることを知っていた。あの哀愁を帯びたメロディーが、洞窟にいる日本人の心の変化を促すと考えた可能性はある。

どこで入手したのか。米軍は島上陸後、テニアン町に入り、兵士や民間人が建物に隠れていないか徹底的に調べていた。スズラン通りの映画館「地球劇場」にも入り、建物を調べたはずだ。経営者の吉川デブは、チンドン屋のような格好をしていたくらいだから、「美しき天然」のレコードも館内にあったろう。地球劇場に入った米軍がレコードを拾ってきた。それが、米軍がレコードを入手した経緯かもしれない、と筆者は勝手に見立てている。

いずれにせよ、戦闘が終わり、静まり返った島で、洞窟の日本人に投降を呼びかける拡声器から、チンドン屋のテーマ曲が流れていた。想像しただけでも異様な光景だが、それもまた、テニアンで実際にあった出来事だ。

世界最大規模の航空基地

基地の島。

チャモロの島から無人島に、無人島からサトウキビの島に変化したテニアン。悪夢の戦闘を経て、島はまた大きく姿を変えた。

第5艦隊の大船団が去ったテニアンに現れたのは、基地建設のため設立された「米海軍建設工兵隊」だった。建設大隊の頭文字「CB」と働き者の「海の蜂」という意味をかけた名称「シービーズ」(Seabees)で知られる。日本本土を直接叩く基地の早期完成の任務を負ったポール・ハロラン将校が着任。砲弾の音は重機のけたたましい音に変わった。

シービーズは海兵隊の上陸作戦の際、先着部隊が島に入った。負傷兵搬送のため、日本軍の滑走路を修理して使う必要があったからだ。占領後の9月、本部隊が入り、本格作業に取りかかった。

まず、大型船が着岸できる港を建設した。日本時代、南洋航路の船は主にサイパンに到着したため、テニアン町には砂糖積み出し用「興発桟橋」と一般の船用「支庁桟橋」の小さな2つの桟橋があるだけだった。シービーズは両桟橋の周辺に、大型船が接岸できる岸壁をつくった。新たな岸壁ではすぐ、ブルドーザー、トラックや機械、建設資材が大量に搬入された。そして荷揚げした機械、建設資材を運ぶための南北縦断道路が、急ピッチで完成し、幹線以外の道路もいくつもつくられた。

ハロラン将校は、テニアン島の形がニューヨークのマンハッタン島に似ていることから、南北縦断道路を「ブロードウェイ」と名付けた。ブロードウェイは今も島の幹線道路だ。別の道路もマンハッタンの通り名、地名から「8番アベニュー」、「86丁目」などと名付けられた。

基地は島北部と島西部の2か所につくられることになった。北部の基地は「ノースフィールド」と名付けられた。日本の海軍第一飛行場があった場所と重なるが、ノースフィールドは南洋興発の元農場の場所も含んでいて、第一飛行場よりはるかに広い規模だった。島西部の基地は「ウエストフィールド」と呼ばれた。

両基地では、まず土地を更地にする作業がおこなわれた。南洋興発の元農場では、ブルドーザーを使い、地面を剥がすように畑を掘り起こし、伸び放題だった大量のサトウキビを捨てた。滑走路の材料は地表にむき出しになった石灰岩なので、調達には困らなかった。ダイナマイトで岩を爆破し、粉々になった大量の土砂を何台ものトラックで一気に運んだ。今の日本でも埼玉県秩父地方の武甲山のように、土地の形状が変わるほど大量の石灰岩を採掘している場所があるが、この時のテニアンは、そんな状態だった。石灰岩を破砕した土砂は海水と混ぜると、ちょうど良い滑走路面の材料になったという。敷いた材料は重機で押し固めた。

工事は猛スピードで進められ、北部の基地「ノースフィールド」には8500フィート（約2600メートル）の滑走路4本がつくられた。島の占領から4か月後の1944（昭和19）年12月、米軍が誇る大型爆撃機「B29」が初めて着陸。翌1945年1月頃にはほぼ完成し、米陸軍航空軍の第313爆撃航空団が配置された。一方、島西部につくられた「ウエストフィールド」（現在はほぼ同じ場所にテニアン国際空港）にも滑走路2本がつくられ、第58爆撃航空団が配置された。

グアムを奪還し、サイパン、テニアンを占領した米軍は、グアムでも、現在のアンダーセン空軍基地などを新たに建設。サイパンでも、日本時代のアスリート飛行場があった場所に「イズリー飛行場」（現在のサイパン国際空港）をつくった。両島の基地も日本空爆の拠点になるが、

新たにつくられた米軍基地「ノースフィールド」
(Don A. Farrell「TINIAN A BRIEF HISTORY」)

テニアンのノースフィールドは、それらを上回る当時の世界最大規模の軍事飛行場だった。後に原爆部隊の基地にも選ばれることになる。

「働き蜂」をイメージした名称のシービーズ。名前通り、休みなく工事を進め、テニアンをあっという間に基地の島に変身させた。

新基地建設は島の光景、生活も変えた。シービーズと陸軍航空軍の部隊などが駐留し、テニアンは多数の米軍関係者がひしめく島になった。テニアン在住の歴史家ドン・ファレルの著書によると、島内の人口は一時期、収容所の日本人、朝鮮人を含め7万5000人以上に膨らんだ。日本時代の建物や住宅の残がいは片付けられ、半円型屋根の形から日本で「かまぼこ兵舎」と呼ばれる「クォンセット・ハット」が次々に建てられた。

一方、日本の住民が常に苦労してきた「水問題」は、あっという間に解決した。

河川がないテニアンで、日本人は貯水槽にためた雨水を使う生活を続け、まとまった水は島の数少ない湧き水である「マルポの沼」に頼った。

シービーズもマルポの沼を水源にしたが、既に日本人が掘っていた井戸や米軍が新たに掘った井戸をパイプラインでつなぎ、貯水槽を並べた給水塔に集めた。集めた水は塩素消毒し、島内の各施設に高圧ポンプで送った。日本時代、島には淡水がほとんどないと思われていたが、現代の地質調査では、石灰岩の地層の下に、「淡水レンズ」と呼ばれる薄い淡水層があることが分かっている。降った雨が地下で、海水を含む地層の上に浮くようにたまっているという。

島の大変身は、収容所で暮らす人たちにはよく分からなかったようだが、驚きながらも冷静に見ている日本人がいた。樹木や畑のなかから米軍の動きを観察していた敗残兵だ。

「我々日本軍は、トロッコなどを使って土を運ぶ。米軍は大きなトラックとブルドーザーで、みるみるうちに大きな滑走路をつくってしまった。我々は米軍の体力（機械力）と物量で負けた」

敗残兵生活を経験したある元兵士は、樹木の茂みからのぞいたシービーズの作業光景を、戦後文章に残している。大高元中尉も、米軍がパイプラインを島中にめぐらし、高圧で大量の水を送っていることに気付いていた。

B29、日本本土空襲

カーチス・ルメイ。日本各地の都市を火の海にした空襲の指揮官として知られる米陸軍航空軍（戦後は空軍に独立）の軍人だ。ルメイは1945年1月、グアム、テニアン、サイパンの爆撃航空団を統括する司令官に着任。既に少将ながらまだ38歳だった。ルメイは完成したばかりの3島の基地をフル回転させ、日本空襲を指揮しただけでなく、そのスタイルを大きく変えたことで名をはせた。

東京が焼け野原になった3月10日の東京大空襲。東京の下町を襲ったのは「夜間、低空」爆撃だった。それまでの空襲は主に昼間、高い高度から目標を絞っておこなっていた。ルメイはこのやり方は非効率だとし、「夜間の低空、無差別攻撃」に切り替えた。

作戦には焼夷弾が使われた。本書のなかで、米軍がテニアンで本格使用を始めたと説明したナパーム弾は代表的な焼夷弾だ。ルメイの狙いは爆撃というより放火だった。焼夷弾は木造家屋の密集地帯で特に威力を発揮。米軍の空襲は「大規模放火作戦」と化した。

東京、大阪などの大都市で成果を上げたルメイ。4月頃から地方都市も標的にするようになり、日本焦土化作戦に拍車をかけていく。あらゆる都市、あらゆる攻撃目標に、低空から焼夷弾を浴びせ、火の海をつくった。マリアナ諸島と日本本土を13時間から15時間かけ往復する部隊を連日編成。往復飛行はパイロットらの間で「エンパイアラン」と呼ばれた。ルメイは腰が

テニアン・ノースフィールドの第313爆撃航空団がおこなった主な空襲

日付	空襲場所	概要
1945年1月16日	パガン島（マリアナ諸島）	初出撃（訓練爆撃）
2月4日	神戸市	初の都市空襲
3月10日	東京	東京大空襲
3月13～14日	大阪市	東京と同様に市街地を無差別攻撃
4月頃以降		空襲を地方都市に広げる
5月14日	名古屋市	東京大空襲を上回る参加機数の作戦
4月頃～8月15日（終戦）	全国各地	地方小都市まであらゆる都市を対象にする

引けているパイロットには軍法会議をちらつかせ、怒号を飛ばしたという。

マリアナ諸島3島の米軍基地。多くの空襲は、複数の基地から飛び立つ航空団の合同作戦でおこなわれたが、なかでも4本の滑走路を持つテニアンのノースフィールドは、「世界で最も忙しい基地」と呼ばれ、日本空襲の中核拠点になった。

キャンプ・チューロ

「初めは敷くものもないから、サトウキビの葉を持ってきて、その上で寝ました」

テニアン生まれの竹内恵美子（旧姓・星、1931年生）は、家族と一緒に投降した初日のことを教えてくれた。早い時期に投降したため、収容所と言っても、ただの空き地だったという。

「しばらくしたら、柱とトタン屋根がつくられ、だんだん建物らしくなったけど、最初は地面の上に放っておかれた。何もなかったです」
　竹内はそう言って笑った。

洞窟から出てきた人たちは、その場で民間人か軍人かを調べられた。特に大人の男性は、民間人を名乗る軍人がいたため慎重に調べられた。軍人のなかには実際に紛れ込んだ人もいた。逆に民間人の男性は、軍人と間違えられないか心配した。民間人は殺されなくても軍人は殺されると、考えられていたからだ。洞窟から出てきた少年の横で、「この子は兵士ではない」と、身ぶり手ぶりで必死に米兵に訴える母親がいたという。
　トラックに乗せられ、収容所に来た民間人は、大人から赤ちゃんまで全員に番号が付けられ、ローマ字で名前と性別、年齢、日本国内の出身地が登録された。

初期の投降者の男性は収容所に着くなりすぐ、つらい作業を指示された。遺体処理の手伝いだ。おびただしい数の遺体が島中にあった。米軍は、戦死した米兵の遺体がどんな状態でも衛生兵が必ず名前を確認し、一体ずつていねいに扱ったという。しかし日本人の散乱した遺体は、ブルドーザーで押し出し、重機で掘った大きな穴に数十体、あるいは百体単位で捨てる方法をとった。遺体をごみのように扱う処理は、腐敗遺体が原因となる伝染病の発生防止という、米軍にとっての正当な理由があった。しかし、日本人は死者を冒とくする行為と感じたに違いない。精神的につらい作業だったはずだ。作業に参加していない人の中にも、その無情な光景を目撃した人たちがいた。
死者に手を合わせることしかできなかったようだ。

「地面のうえに寝た」という人たちだが、投降者が次々に運ばれてくると、米軍はまず軍事用テントを張った。その後、壊れた日本人家屋の資材やトタンなどを使って、長屋のような建物をつくり始めた。島北西部の日本人収容所「キャンプ・チューロ」の誕生だ。米軍がチューロ地区を選んだ理由は、南洋興発の直営農場があった場所で、まとまった広さの土地があったためだろう。

野宿のような状況から始まった収容所生活は、その後、誰もが予想もしなかった小さな地域社会へと変わっていく。

収容所の生活も、多くの人が回顧録や親睦会の会報などで文章に残している。収容所の日本人代表、中島文彦の外務省への報告書には、当時の様子が詳しく書いてある。この報告書と収容所体験者の文章、それに筆者が直接取材することができた人の話などを総合し、キャンプ・チューロの日々を描いてみた。

収容所は周囲に「バラ線」と呼んだ有刺鉄線が張られ、日本人の居住区と朝鮮人の居住区に分けられた。米軍は日本人を、「ジャパニーズ」、「オキナワン」と本土出身と沖縄出身者で区別して呼んだが、居住区は一緒だった。しかし、日本人と朝鮮人はトラブルを避けるためなのか、居住区が厳密に仕切られ、行き来は自由にできなかった。

長屋風の建物には、1棟60人から80人程度が入れられた。「建物のなかの壁は形だけ。ほとんど雑魚寝」という状態だった。

食事は労働に従事していない人の場合、朝夕の2食のみ。最初の頃は豆の入った握り飯ばかりだった。豆は栄養に配慮して入れたのだろうが、毎日同じもの。ほんの少し前まで洞窟のなかで、何も食べられない生活をしていた人たちだったが、さすがに少々うんざりしたという。

昼食は労働に従事した人だけに与えられた。肉の入ったトマト煮の缶詰と、ビスケットまたはチョコレートが入った缶詰。この2つの缶詰のセットが多かった。多くの人は昼食が労働の目当てだった。自分の分のほか、労働していない妻子の分も狙っていた。昼食は列に並んで受け取るのだが、家族のため一度受け取ってから並び直し、再び受け取る人がいたという。昼食を渡す米兵も、家族のためだと分かっていたので、黙認したようだ。

最初は遺体処理が主だった労働だが、その後、収容所や米軍施設の清掃やトイレづくり、周辺の雑草取りや道路工事などの仕事が増える。毎日列に並び、作業現場で指示を受ける。日雇い人夫に近いものだった。給与も出た。複数の文章によると、一般の男性は日当25～35セント、チームリーダーの班長には、40～50セントの日当が渡された。加えて、たばことマッチも出たようだ。洗濯などをする女性もいたが、筆者が読んだ文章によると、女性は15セントだった。

米軍占領後、2、3か月すると、大半の民間人は洞窟から出て投降した。民間人が入る建物は次々に増え、最終的に日本人居住区に計178棟がつくられた。戦闘を生き延び、キャンプに収容された日本人は約9500人になった。米軍はこれを約1000人ずつの9班に分け、大きな鍋を用意し、班ごとに食事をつくらせるようになった。

戦闘前は考えもしなかった米軍管理下ではあったが、多くの人が新しい生活が始まったことを感じ始めていた。まず、水問題が改善した。シービーズが地下水を集め、高圧ポンプで島中に送ったことは述べたとおり。収容所でも近くに井戸が掘られ、水道がつくられた。「蛇口をひねって水を出す」今では当たり前のことを、多くの住民が初めて経験し、便利さに驚いた。

食事も野菜が加わり、改善した。缶詰中心の食事から鍋で調理する給食のようなスタイルに変わっていった。野菜は米軍が住民に指示し、つくらせたものだった。住民は農家だった人が多いので、農作業には慣れていた。米軍は米国人らしく、トウモロコシやトマトなどの栽培を指示した。

日本人が初めて目にする化学肥料も与えられた。自分で農業をしたいと申し出た人には、有刺鉄線の外に出る許可証（パス）が与えられ、個人農園も認められた。サツマイモやオクラなど、元々つくっていた作物を再びつくり始める人も出てきた。日本人がつくったものは、米軍にも提供された。

肉の配給量も増えた。島には戦闘の時に放置された「野良豚」「野良牛」がたくさんいた。米軍はこれらを集め、日本人に管理させた。魚も食事に登場したようだ。沖縄の漁師「ウミンチュ」が多くいたテニアン。米兵と収容所の人が海で一緒に釣りを楽しむこともあったようだ。

収容所で炊事する人
（『沖縄県史　資料編15』旧南洋群島関係写真資料：米国立公文書館所蔵）

一方、米は支給されたが、日本人には満足な量ではなかったようだ。収容所に時折、カリフォルニア米が届けられる程度だったという。

「毎日朝夕、大きな鍋に、アメリカの缶詰や自分たちでつくった野菜なんかを入れて、大きなスコップでかき回しましたよ」

沖縄県旧石川市の元市長、平川崇は父親が炊事長をしていたので、自分もよく手伝ったことを話してくれた。1000人分の食事づくりは、とても力仕事だったという。

赤ちゃんには、米軍から「ミルク」（粉ミルクと思われる）の支給もあった。

「洞窟にいた時は考えもしなかったような生活でした」

沖縄県出身の真栄城光子（1927年生）は洞窟生活が長く、収容所が賑やかになった頃に来たので、相当な驚きだったようだ。

「収容所にはお店も遊ぶところもありました。農園で豆をつくっていたので、山形や福島の人が納豆をつくってくれました。私は収容所で初めて納豆を食べたんです」

真栄城が話すように売店もできた。店はいくつも集まり、小さな「商店街」のようになった。米軍は経済局をつくり、日本人が店を出したり商売をすることを、ある程度認めた。まず、味噌工場ができ、多くの人を喜ばせた。金属加工、下駄づくり、家具製造などの職人が仕事を再開した。お饅頭屋もできた。どこからか材料を持ってきて人形をつくる人や、飛行機の残骸の金属を使った指輪づくりを始める人もいた。

島には多数の米軍関係者がいたので、収容所の商店にも米国製の日用品、雑貨類が入ってきたようだ。当時の日本人女性に馴染みのなかった米国製の生理用品もあったという。

日本人収容者は、労働で受け取った少額のドルや硬貨を持ってきて商店街に集まった。ドルを手にした日本人のなかには、賭け事をする人まで現れた。ほんの少し前、米軍との地獄の戦闘を経験した人たちが、米ドルを持ってワイワイ生活している。なんとも不思議な社会が生まれた。

米軍関係者を感心させる人もいた。

「風変わりな芸術家」として紹介した杉浦佐助。彼は洞窟にいる軍人に投降を説得し、逆に軍人から撃たれて死ぬのだが、収容所では大工兼ペンキ屋として、外装や室内装飾を米軍将校か

受け取った賃金を数える人たち
(『沖縄県史 資料編15』旧南洋群島関係写真資料：米国立公文書館所蔵)

ら頼まれていた。福島移民の伊藤久夫の父親は、テニアンに来る前、屋根に茅を敷く「屋根葺き」をしていた。父親はその腕を生かし、米軍からの依頼で日本風の屋外休息所をつくった。この休息所は風通しが良く、パーティー会場として米軍から大いに喜ばれたという。

菓子職人にも、米軍将校からクリスマスの際にケーキの注文が入った。日本人の菓子づくりの腕は米将校をうならせた。

収容所内で放置されていた子どものため、学校開設を考える人が米軍のなかに現れた。「テニアンスクール」という名の、小学1年生から8年生の子どもを集めた学校がつくられた。収容所時代の後半には、現在の中学3年生くらいの生徒を対象にした「キャンプ中学」もできた。

若い女性に対しては、かまぼこ兵舎の中で看護婦の養成指導がおこなわれた。

テニアンスクールとキャンプ中学については、あらためて説明する。

収容所には新聞もつくられた。加藤十時が新聞記者であることを聞いた米軍の収容所担当将校が、日本人向けの新聞発行を指示したのだ。

加藤の回顧録『老のたわごと』によると、加藤はさっそく、「テニアン日日新聞」と名付けた新聞をつくる。米軍発表の戦況報告と収容所の生活情報の二本立て。米軍発表なので日本が負けている戦況を書くことになり、加藤は「非国民」と陰口を言われた。ただ、収容所の人たちは外の情報に飢えていたので、米軍の戦勝を伝える内容であっても、むさぼるように読んだという。

驚くことに、加藤は収容所を活気づけようと、劇団づくりを担当将校に提案し、認められている。劇団名は「南星劇団」。文章の得意な人に脚本づくりを依頼し、時代劇などを公演した。すると沖縄出身者から、「沖縄の芝居も見たい」という声が上がり、沖縄芝居の劇団もつくられた。本土と沖縄の劇団が交互に公演をおこなうという、戦地の収容所と思えない状況になった。朝鮮人の劇団があったと書いている資料もある。

スポーツも再び盛んになった。運動会や相撲（角力）大会が開かれ、収容所チームと米兵チームの野球大会もおこなわれた。

終戦前後以降の話になるのだが、キャンプ・チューロでは住民の自治組織もつくられた。

中島文彦の外務省への報告によると、米軍は収容所の自治を認めるとして、終戦間近の1945年7月、民間人の代表者「評議員」を選ぶ選挙をおこなった。選挙権が20歳以上の男性に、被選挙権が25歳以上の男性に与えられ、米大統領選挙のように予備選挙と本選挙を実施。10人の評議員が選ばれた。

米軍は終戦の8月15日前後から、収容所の管理や商店街の運営を日本人が自主的におこなうよう指示している。PTA、農業組合、漁業組合などの組織が立ち上がったのもこの頃だ。

PTAは誰もが知る保護者と教師でつくる組織。戦後、GHQ（連合国軍最高司令官総司令部）主導の教育改革の一環で、旧文部省の指導で誕生した。しかし、テニアンでは終戦前後の時期、既にこの名前の組織があった。収容所には戦闘で親を亡くした子どもが大勢いた。PTAは収容所内で寄付を募り、孤児の食費にあてたり、面倒をみる費用にしたという。

戦後、ある元海軍少尉が出版した本のなかで、「（テニアンの）抑留者の生活は、アメリカの占領政策のテストケースとなった」と記している。テストケースとまで言ってよいか筆者には分からないが、終戦の時期、日本人に収容所の自主運営を促した点は興味深い。

話が少し飛ぶが、収容所はちょっとした結婚ブーム、ベビーブームだった。本書でたびたび著書の内容を紹介している山形移民の子、菅野静子（旧姓・三浦）もサイパン島の収容所で結婚した。筆者が直接会った人のなかにも、収容所で結婚した人がいる。「将来の見通しも定まらないのに、どうして結婚し子どもを産めるのか」――。今を生きる人間からはそんな言葉も言われそうだが、収容所には若い人たちが多かった。まだ見ぬ新しい時代に向かうエネルギーが恋愛、結婚、出産という形になったのだと、筆者は思う。

テニアンの収容所「キャンプ・チューロ」。戦争と、本土より一歩早く芽吹いた「小さな戦後」が同居する世界だった。

収容所の〝タブー〟

こう書いていると、まるで収容所の日本人が戦争を忘れてしまったかのようだが、子どもは別として、大人はもちろん、戦争が続いていることを強く意識していた。

収容所の人たちは、姿が見えなくても島内に敗残兵がいることを知っていた。

農作業のため米軍から通行許可証をもらい、有刺鉄線の外に出る人たちがいたことは述べた。収容所との行き来の途中に、戦闘前まで住んでいた自分の家に立ち寄る人もいた。その人たちのなかには、握り飯などの食べ物を自分の家に置いていく人がいた。敗残兵のためだ。家に置いていった握り飯は、いつの間にかなくなっていたという。

米兵と収容所の人が、敗残兵と鉢合わせしかけたこともあった。半年間以上の敗残兵生活を送った元海軍中尉、大高勇治は『テニアン　死の島は生きている』に、こんな内容の自身の体験を書いている。

「ある朝、サトウキビ畑のなかにいると、近くで女性の笑い声が聞こえる。米兵と収容所の若い日本人女性たちがトラックでやって来て畑作業を始めた。１人の女性が、何気なく自分たちのいる方向に歩き始め、少し離れた場所で足を止めた。敗残兵の存在に気付いたようだ。女性が声を上げたら大変だ。米兵は銃を向けてくる。慌てて手榴弾を持って身構えた。女性は少しの間、じっと自分たちの方を見た後、振り返り、何事もなかったかのように、談笑しながら去った。女性は米兵に報告をしなかったようで、一団はそのまま午後まで作業を続け、収容所に戻っていった」

この女性は、サトウキビ畑に潜む大高らに気付いた時、相当動揺しただろう。だが、とっさの判断で、米兵と敗残兵のトラブルを回避したのだろう。もしかしたら、この時、女性にとって保護者は米兵であり、草むらに潜む日本兵の方が怖い存在だったのかもしれない。

そして、収容所にあった「タブー」。収容所の多くの人たちは、あることを話題にするのを避けていた。戦争の勝ち負けに関することだ。

戦況に対する考えは、人それぞれだった。収容所の人たちは米軍の強大な軍事力、産業力を見せつけられていたが、それでも多くの人は日本の最終的な勝利を信じていた。その一方、冷静な目で日本の劣勢を理解している人もいた。

収容所の人たちは、戦況、勝敗の判断は人それぞれ違うことを理解していたのだろう。収容所の体験者が戦後書いた文章を読むと、多くの人が戦況について口を閉ざしていたことが分かる。

「戦争の勝ち負けを話題にしても、トラブルを招くだけ。何もいいことはない」

そう考えたのかもしれない。

収容所内で公然と日本の勝ち負けの議論が起こるのは、1945年8月の終戦以降のこと。それは、米軍が「戦争は終わった。日本は負けた」と言っていることを、「信じるか、信じないか」という議論だった。

今のようにテレビはない。焼け野原になった日本の様子や、天皇が降伏を伝えた玉音放送を聞いて涙を流している人たちを、もし映像で見ることができたのなら、収容所の人たちもみんな、敗戦を信じたかもしれない。しかし当時は、米軍から口頭で日本の敗戦を教えられただけだった。日本の勝利を信じる人にとって、敗戦はあくまで、「敵が言っていること」だったのだ。

そういう人が敗戦の事実を受け入れたのは、引き揚げ船のなかで本土から来た日本人に会い、その人から「日本は負けた」と聞かされた時、あるいは、引き揚げ船が日本本土や沖縄に到着し、星条旗が揚げられているのを見た時だったという。

日本の勝ち負けに関する議論をめぐっては、テニアンから日本への引き揚げが始まったばかりの1946年1月頃、日本の敗戦を収容所内で熱心に説明していた山崎桂男という元南洋興発社員が、敗戦を信じないグループから憎まれ、殺されるという事件まで起きている。

収容所を訪れた爆撃航空兵

キャンプ・チューロの日本人と彼らの周りにいた米軍将校、兵士について2点補足したい。ひとつは、収容所に日本人に理解を示す将校、兵士が配属されていたこと。これは収容所の人たちにとってラッキーだった。

太平洋の各戦線には日本語を学んだ将校や日系兵が送り込まれていた。日本人の投降に関する説明でも書いたように、テニアンにはハワイ出身者を中心とする多くの日系2世兵がいた。米軍が彼らを送り込んだのは、日本兵捕虜の尋問や入手した日本文書の解読で、日本軍の情報を得ることが大きな目的だった。軍幹部にとって収容所のことなど頭になかったかもしれない。しかし、日本人、日本語を理解する将校、兵士が配属されたことは、収容所の運営を円滑にし、日本人の緊張を解く効果を生んだ。

収容所について書かれたいくつもの文章を読むと、日系2世兵が周りにいて、日本人を助けていたことが分かる。福島移民の伊藤久夫の父親が、米軍の屋外休息所をつくり喜ばれたことを書いたが、きっかけは父親が日系兵と仲良くなったことだった。休息所は父親と日系兵が協力してつくったものだという。戦闘で親を失った孤児のため、収容所にPTAがつくられたことも書いた。アルファベット3文字の言葉など知らなかった日本人に、言葉の意味と役割を説明し、事務をサポートしたのも日系兵だった。

加えて収容所の担当将校は、日本語を完璧に話し難解な日本の軍事用語も理解するライフスナイダーという大尉だった。ライフスナイダーは加藤の『老のたわごと』、大高元中尉の『テニアン　死の島は生きている』のどちらにも登場する。それらの記述によれば、父親の仕事の関係で東京で生まれ、東京で育った。立教大学を出たという。自身を「江戸っ子」「不良外人」と呼び、「浅草ではちょっと売れた顔だった」と笑って語る人物だった。「俺は日本をよく知っている。戦争が終わったら、日本は飛躍するよ」

収容所でそんな話をして、日本人を励ましていたという。

収容所のなかでスポーツ大会が開かれたり、加藤が劇団を立ち上げたりすることができたのは、この「親日派」担当将校がいたからこそと思われる。

もうひとつは、日本空襲の任務を終えた航空兵のなかに、収容所の子どもたちとの交流を楽しんだ人たちがいたことだ。

爆撃機のパイロットと日本人の交流。空襲被害者である日本側からは理解されにくいし、誤解を与えてもいけないのだが、悪魔のような爆撃団のなかにも、心の葛藤を抱えながら爆弾を落とした人たちがいた。それもまた事実のようだ。

沖縄県教育委員会が米国国立公文書館などから入手し、2002年に発行した写真資料集のなかに、日本人と談笑したり、日本の子どもたちにプレゼントをあげる笑顔の米兵たちが写っている。米兵らは男の子にアメリカンフットボールを教えたり、一緒に野球をすることもあっ

収容所の子どもたちにプレゼントを渡す米兵
（『沖縄県史 資料編15』旧南洋群島関係写真資料：米国立公文書館所蔵）

たようだ。

日本に爆弾を落とし、テニアンに戻ってから収容所を訪ね、子どもたちと遊ぶ。爆弾を落とされた側からは思いもしない、そんなことがあったのだ。

日本の都市を無差別攻撃し、焦土化作戦を実行したB29爆撃団。先にも書いたが、作戦を指揮したカーチス・ルメイはひとつでも多くの爆弾を落とし、町を焼き尽くすよう指示していた。腰が引けている航空兵には軍法会議をちらつかせ、怒号を浴びせ送り出したという。そうしたなか、作戦に参加した航空兵のなかには、精神的に疲弊した人たちも少なからずいたようだ。

長時間の操縦に加え、離陸時の緊張もあった。大量の焼夷弾を詰め込んだB29は、どの機体もいわば過積載状態だった。

重量オーバーによる離陸失敗のリスクが常にあったし、実際に失敗が起きたようだ。加えてルメイが指示した低空飛行。低空飛行は逃げまどう日本人の様子を操縦席から遠目に見えることになり、これも一部の航空兵の心をかなりむしばんだという。

「任務から戻った爆撃機の乗組員たちは、キャンプの子どもたちにスポーツ用具を与えたり、一緒にクリスマスパーティーを楽しんだりしました。彼らの心は分裂していました。爆弾を落としている自分と、子どもたちをかわいがっている自分とに引き裂かれていたのです。それがまさに戦争の悲劇なのです」

テルファー・ムックというテニアンの占領部隊にいた元米海軍将校が、1991年に放送された民放テレビ局の取材を受けているのだが、航空兵の心の葛藤についてこう話している。ムックは「テニアンスクール」を立ち上げた人物であり、次項であらためて説明する。

初の戦後民主主義学校？ テニアンスクール

「おはようございます。みなさんは一生懸命、勉強しなくてはなりません」

若い海軍将校が、米国人らしいアクセントの日本語で子どもたちに話しかけた。

「鬼畜米英と教えられていたアメリカ人が、日本語で話しかけてきたんです。びっくりして、頭がこんがらがりました」

沖縄県沖縄市の久場良治（1931年生）は自分たちの前に、教師として米国人が現れた時の衝撃をこう話した。

「アメリカはすごいとも、正直思いましたね」

テニアン島内で航空基地の建設が急ピッチで進められていた１９４４年11月。収容所に「テニアンスクール」という名の小学校がつくられた。設立者は当時27歳だった米海軍将校テルファー・ムック。

ムックは当時海軍情報局に所属していた。日本語の猛勉強を命じられ、太平洋戦線に送り込まれた人だったが、大戦後は米国内やアジアでキリスト教の慈善活動に身を投じている。戦地に来たが、本当は戦争を嫌っていたのだろう。島の軍幹部に直訴し、なかば強引に学校設立を承諾させたのだが、それは軍将校としてではなく、個人的考えからの行動だったようだ。


テニアンスクールについては、１９９１年に民放テレビ局がムックと元生徒たちの同窓会を取材した。「戦場に学校があった　ムックさんと子供たち、46年の心の交流」のタイトルでムックらのインタビューを交え、詳しく報道した。ムックは２００８年に亡くなり、筆者は直接取材できていないが、元生徒が持っていた番組の録画を見て、ムックの教育に対する考え方を大まかに知ることができた。そして、久場と、収容所の項でも紹介した竹内恵美子の２人の元生徒から話を聞くことができた。

「はじめは机も椅子もなくて、屋根と柱だけだった。土や砂を入れた麻袋に腰掛けて授業を受けました」

竹内は開校時の様子を語ってくれた。

校長にはテニアン国民学校の教頭だった池田信治が就任。竹内によると、池田は福島県出身で、戦後日本に引き揚げた後も、「自分は間違った教育をしていた」と教職に復帰しなかったという。戦争が続いているなか、敵国の海軍将校の元で子どもたちの教育をおこなうことは、周囲の無言の反発もあったはずなのだが、ムックのよきパートナーとなり、学校運営に奔走した。

学年分けはそれまでと同じ1年から6年の初等科と、高等科1、2年の8学年。1945年4月時点で、8学年合わせて2074人が在籍した。また、朝鮮人の学校も別につくられた。

収容所には国民学校の教員だった人が何人かいたが、新しい教育の場には適さないという理由で、教材をつくる側に回った。代わりに南洋興発専習学校やサイパン高等女学校の卒業生ら20歳前後の若者たちが教壇に立った。

始業ベルは使い古しの酸素ボンベ。黒板は黒いペンキを塗っただけの板だった。それでもムックや池田の努力で、学校は徐々に軌道に乗った。算数、理科、体育、読書、そして英語。英語はムックの指示でつくられた手づくりの教科書を使った。日本人で授業をできる人などいないので、ムックが直接教えた。学校では缶詰の給食もあり、時々、有刺鉄線の外で野菜づくりの農業実習もしたという。

学校運営がうまくいった理由のひとつは、授業を日本語でおこなったことだ。番組によると、米軍内には「授業は英語でおこなうべきだ」という考えの人もいた。占領地なので、こういう意見が出ても不思議ではない。しかし、ムックは「それでは教育が滞ってしまう」とはねつけたという。

実は、テニアンより早く占領されたサイパンにも、テニアンスクールより小規模だったが学校がつくられた。サイパン生まれで、島の収容所生活の体験を持つ横浜市在住の栗原茂夫（1935年生）によると、サイパンの収容所の学校では、日系2世兵が英語学習に重点を置いた授業をおこなった。子どもたちは先生が何を言っているのかよく分からず、そのうちに「敵国語の授業は受けない」という態度を示すようになった。怒った日系兵の先生が、子どもにチョークを投げたこともあったという。

サイパンでの出来事をムックが知っていたかどうかは分からないが、「日本人の子どもには日本語で、朝鮮人の子どもには朝鮮の言葉で」というムックの方針が、学校運営を円滑にしたことは間違いない。

テレビ番組は、ムックと40数年ぶりに再会した池田へのインタビューも紹介している。池田は当時、ムックから「『戦争は嫌なものだ』ということを子どもたちに伝えてほしい」という指示を受けたと語っている。「平和を愛する人間に育ててほしい」ということだろう。

生徒の親は当然、米国人から授業を受ける子どもたちを複雑な思いで見ていたはずだ。しかし、子どもたちは素直にムックの授業を受け、勉強に対するやる気を取り戻していったという。軍兵舎から聞こえるタイプライターの音に、異国文化への憧れを抱いた女子生徒もいたようだ。

「戦後民主主義」という言葉がある。定義はあいまいなのだろうが、終戦の9か月前に開校し勝手にそう思っている。

テニアンスクールが開校し半年近くたった1945年4月。ムックは、上級生のための「キャンプ中学校」と呼ばれた学校を新たにつくった。現在の中学3年生にあたり、ムックにとっては米国のハイスクールのイメージだったろう。

中学は入学試験をおこなった。教室や先生の数が足りず、希望者全員を受け入れることができなかったためだ。約400人が受験し、成績順で50人が合格した。合格者の内訳は男子26人、女子24人。男子のうち5人は朝鮮人だったという。

合格者の約半数が女子だったことになる。これは現代では普通のことだが、当時は男性の方が女性より優秀と考える人が多かった。また、学校制度自体が男女を区別していたため、女子の教育の機会は男子より圧倒的に少なかった。単純に点数順で合否を決めた試験で、合格者が男女ほぼ同数だったことは、当時の感覚では大人を驚かす結果だったに違いない。

戦後、新制高校がスタートし、男女共学が次第に当たり前になるが、戦前は男女別学が原則。14歳前後の男女は、同じテストを受けることさえ、あまりなかったと思われる。

テニアンスクールは実質、日本初の戦後民主主義の学校と言ってよいのではないか、との筆者の見方を書いた。キャンプ中学の入学テストは、「高校入試の先駆けのようなテスト」だった。そのくらい言ってよいのではないか。筆者はそう思っている。

Ⅷ 原爆基地の島、再びチャモロらの島

509混成群団

8月6日の広島、そして、9日の長崎。

両日の出来事は、テニアンの名を「原爆基地の島」として、世界史に残すことになった。

原爆は、ドイツに開発の先手を打たれることを阻止したい米国が、ルーズベルト大統領のもと「マンハッタン計画」の名で、国の総力を挙げ進めたことが知られている。開発を指揮したのは強大な権限を与えられ、政界、産業界と折衝した陸軍レスリー・グローブズ少将（計画当初は准将）。グローブズは「事務局長」のような存在で、彼のもとでロバート・オッペンハイマー博士を中心とする科学者グループが米ロスアラモスの研究所を拠点に、誰もが想像もしていなかった爆弾を形にしていった。

テニアンとアメリカの国家プロジェクトが結びつくのは、1945（昭和20）年2月頃だ。

原爆製造のめどがついた前年の１９４４年9月、投下部隊の第５０９混成群団が発足（戦時編成は同年12月）する。米ユタ州のウェンドーバー基地（現在は民間飛行場）で訓練を始め、指揮官に欧州戦線の腕利きパイロットだったポール・ティベッツ中佐（後に大佐）を据えた。ティベッツは指揮官就任時はまだ29歳。操縦桿を握るＢ29の名前「エノラ・ゲイ」は、彼の母親の名前からとったことも知られている。

しかし当時、基地はマリアナ諸島に置くこと以外、決まっていなかった。

１９４５（昭和20）年2月上旬、海軍のフレデリック・アシュワース中佐（最終階級は中将）が、基地の適地を探すため、マリアナ諸島の視察をおこなった。当初、グアムが有力候補だったが、アシュワースはテニアンのノースフィールドが最適だと報告し、これにグローブズら軍幹部も賛成した。

この時のノースフィールドは、第３１３爆撃航空団が日本本土の空襲に参加したばかりだった。アシュワースは当然ノースフィールドに立ち、原爆投下用Ｂ29の離陸をイメージしながら、滑走路が使いやすいかどうか確認したはずだ。そして、４本の滑走路に合格点を出したのだろう。

グローブズが戦後書いた著書『NOW IT CAN BE TOLD』（１９６２年）によると、アシュワースはテニアンを推薦した理由として、「東京まで約１４５０マイルで、グアムと比べ約１００マイル東京に近い」「混成群団の使用に適した飛行場が既にある」「作戦に必要な港湾施設も3月15日頃には使用可能になる見込み」などを挙げた。米軍は、原爆の重量がＢ29の搭載能力ぎりぎりになると予想していたので、飛行距離を少しでも縮めたいと神経質になっていた。

3月、海軍の爆弾専門家だったウィリアム・パーソンズ大佐（最終階級は少将）をリーダーに、原爆投下の具体的な作戦を練るアルバータ計画がスタートする。混成群団を迎える駐機場と誘導路、それに原爆を組み立てる建物の建設などが急ピッチでおこなわれた。

ナチス・ドイツが降伏し、欧州戦線が終結した5月。混成群団はウェンドーバーからテニアンに移動を始める。軍の輸送機C54と輸送船「ケープビクトリー号」で、空と海からテニアンに向かった。最初のC54の到着は5月18日。同29日にはケープビクトリー号も島に入港した。

そして、原爆投下に使用するB29の特殊改造機「シルバープレート」も6月中旬以降、島に到着した。シルバープレートは原爆の実際の大きさと形を踏まえ、機体下部の爆弾倉にぴったり収まるよう計算され、改造されたものだった。広島の原爆投下で使用される「エノラ・ゲイ」、長崎で使用されることになる「ボックスカー」など15機が続々とテニアンに到着した。

第509混成群団が島に現れた時、日本での空襲を繰り返していた第313爆撃航空団などからは「なぞの部隊」と思われたようだ。航空兵が日本人収容所の子どもたちと遊んだ話を書いたが、混成群団に関しては、日本人はもちろん、他部隊との接触もなかった。日本との往復を連日命じられていた爆撃航空団と違い、慌ただしく動いたり、訓練したりしている様子もない。それでいて施設の使用や食事面で厚遇されている。そんな彼らに反感を持つ航空団の隊員がいたようだ。

しかし、「なぞの部隊」だった混成群団も、シルバープレートが飛行場に姿を見せる頃には、「特殊爆弾」を扱う機密部隊として認識されるようになる。海軍の爆弾専門家パーソンズ大佐とアシュワース中佐、物理学者のノーマン・ラムゼイなどが実務の中心で、国家の総力を挙げてつくった爆弾を「間違いなく爆発させる」計画を詳細に立てていた。パーソンズはエノラ・ゲイ、アシュワースはボックスカーに実際に乗り込み、原爆投下の最終責任者になっている。以前、米西部の荒野にあるウェンドーバー基地で、実体の分からない爆弾の投下訓練を繰り返していた第509混成群団だが、既に大きさ、形、重さはほぼ分かっている。

6月下旬、荒野とは全く別世界の太平洋で、新爆弾をイメージした訓練を再開した。原爆の重量は広島投下の「リトルボーイ」が約4トン、長崎投下の「ファットマン」が約4・5トンだった。重い物体を積んで離陸し、目標地点に正確に落とす訓練。爆弾投下後は機体を急旋回させ、できるだけ早くその場から離れなければならない。その訓練をマリアナ諸島のロタ、グアン両島と南鳥島などでおこなった。

訓練場所のひとつ、ロタ島は、テニアンとグアムの中間に位置する島だ。米軍が太平洋の小さな島や環礁を跳び越えながら進軍したことを説明したが、ロタ島はその「蛙跳び作戦」で米軍が上陸しなかった島のひとつだった。そのため島には日本の守備隊がいた。

長年テニアンと戦争に関する取材をしたジャーナリストの石上正夫は著書『大本営に見すてられた楽園』（2001年）のなかで、島の住民が上空から黒い大きな鉄の固まりが落ちてくるのを見ていた、という話を紹介している。島を訪れた石上が「原爆の投下訓練だ」と説明すると、その住民は驚いたという。

日本最東端の島、南鳥島も戦時中、米軍の空爆訓練場所だった。島にはロタと同様、日本の守備隊がいた。守備隊は必死に警備をしているが、米軍に反撃する力は実際にはなかった。米軍にとって南鳥島は、本土攻撃前の肩慣らしのような訓練場所だったのだ。

7月16日。原爆は歴史的な日を迎える。米ニューメキシコ州の砂漠で、プルトニウムを使った人類初の核爆発実験がおこなわれた。「トリニティ実験」だ。人が起こした初の核爆発は、破壊力を計算していた科学者も驚かす、すさまじい威力を証明した。同じ16日、原爆部品を運ぶため、米サンフランシスコで待機していた重巡洋艦「インディアナポリス」が極秘にテニアンへの途についた。

原爆投下

テニアンの混成群団は、長崎投下原爆「ファットマン」と同じ形の通常爆弾を使った投下訓練を7月20日に始めた。「パンプキン」と呼ばれたこの爆弾は、原爆投下後の8月14日まで計49発が日本各地に落とされ、400人以上の命を奪った。パンプキン爆弾の投下には、飛行と投下動作の確認のほか、少数編成でふらっと現れるB29に日本人の目を慣れさせ、油断させる狙いもあったとされる。

7月25日。グローブズの起草による投下命令書が、ハンディ米陸軍参謀総長代理から出された。投下対象として広島、小倉、新潟、長崎の4都市が挙げられた。原爆は米軍の最高機密だったので、この投下命令書でも「スペシャル（特殊）爆弾」としている。

26日、重巡洋艦「インディアナポリス」がテニアンに到着した。ただ、原爆の運搬を終えたインディアナポリスは7月30日、フィリピン沖で日本軍の魚雷を受け沈没した。海に沈んだ船体は2017年、米資産家の海底調査チームが見つけている。インディアナポリスがテニアンに到着した26日は、米英中の首脳が日本に無条件降伏を求めたポツダム宣言が発表された日でもある。

8月5日午後のテニアン・ノースフィールド。爆弾保管庫から出されたウラン原爆「リトルボーイ」の組み立てが緊張のなか、おこなわれた。機密保持のため敷物に覆われた爆弾はまず、機体の下から装着するための穴「原爆ピット」に入れられた。その後、敷物がはがされ、油圧リフトを使って爆弾倉に慎重に取り付けられた。

8月6日未明、まず気象観測機が飛び立った。午前2時45分（テニアン時間）、ティベッツ大佐が操縦桿を握り、パーソンズ大佐らを乗せたエノラ・ゲイがノースフィールドの滑走路から太平洋の夜空へ離陸した。英作家ゴードン・トマスらの原爆投下ドキュメント（日本語版）『エノラ・ゲイ』（1980年）によると、この時の機体は爆弾重量と搭乗メンバーの体重で重量オーバー状態だった。機体が滑走を始めた後、ティベッツはスピードを上げるためなかなか離

広島の原爆投下出撃前のエノラ・ゲイ搭乗員
(『写真が語る原爆投下』工藤洋三、奥住喜重共著：米国立公文書館所蔵)

帰還したエノラ・ゲイ
(『写真が語る原爆投下』工藤洋三、奥住喜重共著:米国立公文書館所蔵)

陸しなかった。同乗者が思わず「機首を上げろ」と叫ぶほど、海の手前の滑走路の端で飛び立ったという。

エノラ・ゲイが飛び立った後、科学観測機、写真撮影機も離陸し、3機編成で広島に向かった。

午前8時15分（日本時間）、エノラ・ゲイは原爆を広島に投下。原爆は市の中心部上空で爆発した。地上に現れた「小さな太陽」は、すさまじい高温の熱線を放出。強力な爆風を発生させ、一瞬で広島の町と市民をのみ込んだ。広島の犠牲者は1945年末までで推計約14万人とされる。

トリニティ実験で爆発を経験しているプルトニウム原爆に対し、実験なしのぶっつけ本番だったウラン原爆。米軍内では「爆発しないのではないか」と、内心考えていた人もいたという。だが、原爆は計算どおりに爆発した。直後の熱線、爆風のほか、放出した放射線は、さまざまな形で現在に至るまで被爆者を苦しめ続けている。原爆死没者名簿には2018年8月時点で31万4000人余りの名前が登載されている。

見たこともない火球とすさまじい爆風、そして上空に上がる巨大なきのこ雲。百戦錬磨のパイロットとは言え、彼らが目にしたのは言葉を失う衝撃的な光景だったはずだ。3機は午後3時頃（テニアン時間）、帰島した。島の米軍関係者総出の出迎えを受け、ティベッツの胸には殊勲十字章が授けられた。ほかの搭乗員にも勲章が贈られた。テニアンの米軍施設はお祭りとなった。

翌7日（米国時間6日）、トルーマン大統領は、広島に原爆を投下したことを全世界に向け発表した。大統領は公の場で初めて特殊爆弾を「原子爆弾」と呼び、その正体を明かした。

8月9日にはチャールズ・スウィーニー機長の「ボックスカー」がプルトニウム原爆「ファットマン」を抱え、再びテニアンから離陸。長崎で悲劇が繰り返された。長崎の1945年中の死者数は推計約7万4000人。2018年8月時点の原爆死没者名簿には、17万9000人余りが登載されている。

テニアンはチャモロの島から無人島に、無人島からサトウキビの島に変わった。そして、「原爆基地の島」として、世界史に名を残すことになった。ノースフィールドは今も米軍が訓練に利用する現役の滑走路だ。原爆装着のため掘られた2つの穴「原爆ピット」は戦後整備され、米軍の戦争史跡になっている。

第509混成群団の「腕利きパイロット」たちは、すぐテニアンを離れた。戦後に陸軍から独立した空軍で、さらにキャリアを積んだ。ただ、ティベッツら原爆投下機のメンバーがおそらく当初予想していなかったのは、戦後世界中で起こる核兵器是非の議論のなかで、自分たちが史上最悪の出来事の「実行犯」として注目を浴び続けたことだろう。

彼らは「原爆投下は不幸な出来事だったが、軍務であり、ほかの選択肢はなかった」「戦争を終わらせるための行為であり、後悔はしていない」というスタンスをとり続けた。

注目を浴び続けたパイロットたちがいる一方、彼らに命令を出した政治家、軍幹部に対し、原爆使用の考えや発令経緯の検証は十分になされたのか。それらは、あいまいなまま今に至っている。

広島、長崎に落とされた原爆は、人類が起こした2番目、3番目の核爆発だった。言い方はよくないが、米国はトリニティ実験から3回連続して核爆発を成功させたことになる。「原爆の父」と呼ばれるオッペンハイマーがその後、自らつくった核兵器の恐ろしさに苦しみ、水爆反対を訴えたことは知られている。世界的に核の管理が大きな課題になり、放射線が人体に与える深刻な影響も認識されるようになった。しかし東西冷戦のなか、時代は米国と旧ソ連を中心とする核開発競争に向かっていく。

米国が次に核爆発を起こすのは1946年7月、太平洋・マーシャル諸島のビキニ環礁でおこなった「クロスロード作戦」だ。史上4番目と5番目の核爆発。米国は戦争が終わったにもかかわらず、再び核実験をおこなったことになる。筆者は原爆問題の専門家ではないが、テニアンからの目線で一連の動きを眺めると、米軍は広島、長崎の経験から核兵器を扱うことに自信を深め、さらなる実験に臨んだように思えてならない。

テニアンの原爆投下作戦で重要な役割を果たした人物として、海軍のパーソンズ大佐、アシュワース中佐の名前を挙げた。2人は軍の原爆専門家として戦後も太平洋に残り、クロスロード作戦の指揮をとった。戦後、核の大量保有に動き始める米国。米国の核兵器開発の歴史のなかで、テニアンとビキニはつながっている。

東京ローズ

ところでテニアンと第５０９混成群団をめぐって、必ずと言ってよいほど出てくる話に「東京ローズ」がある。東京ローズは、日本のプロパガンダ放送だったラジオ番組「ゼロ・アワー」の女性アナウンサーに米兵が付けた愛称だ。米軍を挑発する声が、米兵のなかで有名だった。第５０９混成群団のことをラジオのなかで語っていたという説もあるようだ。

ただ、この東京ローズも名前こそ知られているが、今も多くのなぞが残されたままだ。東京発の電波に乗って、米兵の耳を刺激した美声が、どこまで事実をとらえていたのか。戦後、東京ローズの一人だった日系女性、アイバ・郁子・戸栗・ダキノ（１９１６年生）に米メディアの注目が集まったが、核心はミステリアスなままだ。アイバは米国から日本を訪れた時に戦争になり、帰国できなくなってしまった人。彼女もまた戦争の被害者だった。晩年はシカゴで暮らしたと言い、２００６年に亡くなっている。

終戦

昭和天皇自ら録音したラジオの「玉音放送」で、ポツダム宣言受諾と終戦が国民に伝えられた8月15日。

終戦の連絡はテニアンの米軍施設にもすぐ入った。第313爆撃航空団の部隊新聞「グーニーテール」は、「日本、戦争継続を断念」という見出しを付けた号外を刷った。「きょうはアメリカの祭日なんだろう」。大高勇治元中尉の『テニアン』によると、日本兵捕虜は、最初そう思ったという。

米兵の誰もが小躍りし、抱き合っている。黒人兵のなかには、日本兵収容所に入り、捕虜の肩を叩いてキスをする人までいたと、大高は書いている。

そのニュースをテニアンの日本人はどう受け止めたのか。

多くの人にとって敗戦は、あくまで「米軍が言っていること」だったと、本書のなかで書いた。

米軍の第313、第58両爆撃航空団、第509混成群団は、終戦後すぐテニアンから離れた。兵士が撤収し、連日飛び立っていた爆撃機の音がしなくなったのだから、日本人も米軍の大きな変化を感じたはずなのだが、大半の民間人は終戦や敗戦の話を避けたという。

筆者もある沖縄に住む元在住者の女性から、米兵が玉音放送の録音を収容所に持ってきた話を聞いた。米兵が「天皇陛下の声を聞きなさい」と録音を再生したのに対し、収容所の日本人たちは「天皇陛下の声を知らないから（本物かどうか）分からない」などと言って、米兵の説得に耳を傾けなかったという。ただ、日本兵捕虜の間では、隠れた場所で、ニュースの真偽について激論が交わされることもあったようだ。

「敗戦が本当なのかうそなのか、自分たちには分からない」というのが正直なところだったのかもしれない。

収容所は「戦争と小さな戦後が同居する世界だった」と書いたが、8月15日から引き揚げまでのテニアンは「戦争を引きずった時期」でもあった。

第509混成群団のなかには、帰国前、ノースフィールド近くにある日之出神社の修復作業をおこない、参拝した人たちがいた。米軍内では戦争終結の立役者とされた混成群団だが、テニアンを去る時は崩れ落ちた神社を見て、何かを感じたのかもしれない。

引き揚げ

「蛍の光　窓の雪」

1946（昭和21）年1月、テニアンの港に「蛍の光」を歌う日本人の一団がいた。終戦直後から日本政府が進めた海外の旧軍人軍属、一般邦人の引き揚げ援護事業で、テニアンからの第1陣として日本本土に向かう人たちだった。迎えに来たのは「凌風丸」という中央気象台（気象庁の前身）の気象観測船だった。戦時中は軍務につき、終戦後は引き揚げ船に使われていた。気象庁に残る記録によると、船には705人が乗船し、7日間で浦賀に到着した。

サトウキビ畑で、製糖工場で、町の商店で、必死に働き戦争で全てを失った人たち。それぞれ胸が張り裂けそうな思いで、テニアンを離れたに違いない。

彼らが最も心を痛めたのは、島に家族、親戚、友人知人が眠ることだった。島を去ることは亡くなった人たちとの別れだった。蛍の光を乗船者が合唱したことは、加藤十時の『老のたわごと』に書かれている。蛍の光は当時も誰もが知る唱歌だった。いよいよ船が港から出るという時、島に別れを告げる人たちは万感胸に迫り、自然と合唱になったのだろう。

民間人のなかには、そのままテニアン、サイパンに残りたいと考える人が少なくなかった。南洋の生活が気に入っていた人もいれば、長年南洋にいたため、本土、沖縄に帰っても、身を寄せる場所がない人もいた。しかし、米軍当局指示で、日本人は例外なく引き揚げることになった。

引き揚げ前、米兵がお別れ会を開いてくれることもあったようだ。持参できる荷物は衣類など身の回りのものに限られたが、引き揚げが冬に始まったため、日本の寒さを心配した米兵が、軍の古着を持たせることもあった。日本に帰国後、米軍のダボダボの古着を着ていて、「南洋帰り」と言われる人もいたようだ。

テニアンを離れる前、島に眠る家族親戚や友人のために自前のお墓や慰霊碑をつくる人もいた。専習学校卒業生の森山紹一は、米軍に頼んでセメントをもらい、「日本人之墓」と書いた慰霊碑をつくっている。若者の優しい気持ちから出た行動だったのだろう。誰のものか分からない遺骨を友人らと集め、供養した。

船の出航前に人々が目を見張ったのが、収容所のあるチューロから港までの風景の変貌ぶりだ。彼らが見慣れていたテニアンの農村、町はなく、かまぼこ兵舎が点在する米国の田舎町のようになっていた。道は舗装され、港は大型船が停泊できる立派な岸壁に変わっていた。

出航後の船内で、ある人は島に向かって叫び、ある人は「島を見るのがつらい」と甲板に姿を見せなかった。

テニアンの民間人と元兵士は、その後何回かに分かれて船に乗り、1946年5月、すべての日本人の引き揚げが完了した。日本は軍船だけでなく商船も大半を戦争で失っていた。引き揚げ事業には米軍が提供した貨物船や戦車揚陸艦（LST）が多く使われた。

本土に戻った人たちの大半は、引揚指定港のひとつだった浦賀港（神奈川県横須賀市）に上陸した。一方、収容所の多数を占めた沖縄出身者は、沖縄本島の久場（中城村）に到着し、米軍が「キャンプ・キャステロ」と呼んだインヌミ屋取（沖縄市）などの収容所に集められた。その後、各自の故郷などに戻った。沖縄への引き揚げ船は、米軍の戦車揚陸艦が多かったようだ。

数年ぶり、10数年ぶりに本土、沖縄の土を踏んだ人たち。星条旗が掲げられ、米兵が堂々と町を歩くのを見て、誰もが日本の敗戦を実感した。

帰国した人たちは上陸後、早くも、戦後の混乱した社会の洗礼を受けた。

引き揚げ者は収容所の労働で手にした米ドルを、帰国前に日本円に換えてもらっていた。浦賀の港では南洋帰りの引き揚げ船が着くと、上陸した人に声をかける人たちがいた。日本の事情に疎く貨幣価値を分かっていない引き揚げ者に対し、彼らが損をするような物の売買をふっかけていたのだ。多くの人は浦賀を離れてから損をしたことに気付いたに違いない。

それぞれの故郷に戻った人たち。テニアンで生まれ育った子どもにとっては驚きの連続だった。東北地方出身者の家族の場合、多くの子どもが北に向かう列車の窓から、生まれて初めて雪を見た。雪国の厳しい生活も知った。しかし、その年の春には雪のなかから命が息吹き、桜が咲くのを見て、テニアンにない四季の変化に驚き、その美しさに感動したという。

それぞれの戦後

日本本土、沖縄に帰った人たちの戦後は、人それぞれだった。

開拓時代初期のテニアンに入植した人たちは、島に来た時は20代から30代の若者だったが、すでに40代後半から50代になっていた。筆者はこの世代の人たちを直接取材できていないので、具体的な声を紹介できないが、苦労して築いたものを全て奪われた人たちだった。開墾と戦争の20年。心身の疲労は大きかったはずだ。戦後の日本で、人生をリセットするのに多くの人が苦労したと思われる。

南洋興発はＧＨＱの指示に基づく閉鎖機関に指定され、１９４７（昭和22）年、役員全員が解任。１９５２年の閉鎖機関整理委員会解散で、会社は完全に消滅した。ただ、芝浦精糖（北海道糖業の前身）を設立した元取締役、小原潤一のような人もいた。小原は、新たな製糖会社を自ら立ち上げ、南洋興発元社員らを積極的に雇い、就業支援に努めた。

南洋興発の創業者、松江春次。この人がいなければサイパンやテニアンの日本人社会の発展はなかったと言っていい大功労者だが、自身は1943年に会長を退任し、長男一郎はニューギニアで戦死。さらに戦争末期には妻ふみを病気で亡くし、家庭的にも不幸が続いた。戦後は太平洋や郷里・福島での事業再起を目指したが、1954年11月、78歳で亡くなった。「南洋の宝島」の項で、南洋興発の勢いがあった時代に、松江の銅像がサイパン・ガラパンに建てられたことを書いた。「シュガーキング」と呼ばれた松江春次。銅像は戦争で多数の砲弾を浴びたが奇跡的に倒壊せず、今もガラパンの公園から島と南洋を見つめている。

テニアンで育った子どもや若者も、引き揚げ後は、日本社会の事情が分からず苦労した。南洋育ちの若者や子どもは、まず引き揚げた土地の言葉を覚えなければならなかった。ただ、彼らには若さと元気があった。高度経済成長の時代、彼らは必死に働いた。そして、子どもを育て、それぞれの生活を築いていった。

筆者が直接取材した人や、本書で紹介した人を何人か挙げると、サイパン出身のテニアンの専習学校卒業生の大西哲人は1967（昭和42）年、沖縄で民間2番目のゴルフ場「大西テェラスゴルフクラブ」（沖縄県北中城村）をつくった。ゴルフをしたくても米軍施設しかなかったという沖縄に民間ゴルフ場が増えるのは、大西テェラスがきっかけだったという。その後、多くのプロが国内外で活躍する沖縄ゴルフ界の下地をつくったひとりだ。

沖縄から入植した初期移民の子、平川崇は行政の道に進んだ。沖縄駐留米軍との交渉力や行政手腕が評価されて旧石川市の市長に就任。計7期も務めた。

テニアンから小船で本土に引き揚げた経験を持つと紹介した照屋佳男。英文学者であり、早稲田大学教授として教壇に立った。照屋の小船の話は、早稲田大学の学生に語った戦争体験から引用したものである。筆者がテニアンの子どもの生活を聞いた八丈島出身の菊池郭元も、東京都の中学校で数学や理科の教師として、長年教壇に立った。

この本で何度も登場するテニアンの新聞記者、加藤十時。戦後、故郷の熊本県に帰り、現在の玉名市で「肥後日日新聞」という小さな新聞社を立ち上げ、80歳を超えるまで、取材現場に立ったのは書いたとおりだ。彼が晩年、記者視点で書いた『老のたわごと』に、どれだけ多くの情報が詰まっていたことか。

「開拓」という言葉にこだわり続けた人もいた。山形から入植した高橋胸蔵。テニアンで密林を切り拓いた経験から、開拓という仕事に魅力を感じていた。高橋は故郷の山形に帰った後、西蔵王山麓の原野に入植。開拓農業協同組合のリーダーとして、地域の酪農を育てた。高橋は晩年に自叙伝を書いた。農家視点で書かれた文章も本書の貴重な情報源になっている。

懇親会活動や同窓会活動は、本土、沖縄の隔てなく盛んだった。

南洋興発の元社員や関係者は、松江春次から社長を引き継いだ栗林徳一を会長に招き、戦後

「南興会」という親睦会を立ち上げた。東京都内で開かれる親睦会には、毎年多くの人が参加し、旧交を温めている。沖縄ではサイパン沖縄県人会長だった仲本興正らが戦後、南洋群島帰還者会を設立した。南洋から多くの人が戻ってきた沖縄では、南洋の島ごとの会もつくられた。現在も多くの人が戦争で亡くなった人の慰霊や、帰還者らの交流の輪に参加している。自治体が地域の移民史を調査し、貴重な資料の形でまとめていることも沖縄県の特徴だ。

まだ無人島状態だった時代、椰子植林のために島に入り、密林や動物と格闘したと紹介した山形県の人たち。その時の入植者らが戦後、「椰子の実会」という親睦会をつくった。


テニアンの思い出を忘れず生きたのは、元住民だけではなかった。テニアンでの戦闘に参加し帰還した元兵士のなかにも、慰霊の心を持ち続けた人たちがいた。

本書は大高元中尉の本から、多くの内容を紹介しているが、1990年代に岐阜県議会議長を務めた浅野庄一も、兵士としてテニアンで戦い、敗残兵生活を送った記憶を『幻の防波堤』(1987年)という本にまとめている。

浅野は優しい人だったのだろう。米軍の激しい攻撃のなか、洞窟で出会った幼い姉弟のことを書いている。2人は両親を亡くした直後だった。「兵隊さん」と言って、自分にすがってきた幼い姉弟のことを、日本に帰ってからも忘れられなかったようだ。浅野は高齢になってからも、テニアンへの慰霊の旅を続けた。

戦後70年以上がたち、戦前のテニアンの記憶や戦没者への慰霊の気持ちは、元住民本人から子ども、孫の世代へと引き継がれている。若い世代には、慰霊とともに、平和を学ぶ勉強や現地の人たちとの交流も大切な意味を持つようになってきている。

この項の最後になってしまったが、これまで多くの人が遺骨収集に努力してきたことも加えたい。政府による海外の戦没者遺骨収集事業は1952年に始まった。テニアンにも遺骨収集団が多数回、派遣されている。

国が最善を尽くしてきたか、方法が適切だったかどうかについては議論もあるが、多くの人が真摯に取り組んでいることも事実だ。岐阜県高山市の高山善光寺住職の泉信潤や、徳島県阿南市の金刀比羅神社宮司の森茂丸のように、戦争の惨禍を繰り返してはならないという強い思いから、個人的活動として、あるいは仲間を募って、繰り返し島を訪れた人たちがいた。この2人は故人になったが、彼らの思いは家族や仲間、地域の人たちに引き継がれている。

再びチャモロの島に、そして未来へ

近年のテニアンは、日本にとってどういう存在なのか。

そう思い、最近の新聞記事などを「テニアン」で検索すると、原爆絡みが大半だった。ただ、多くは戦争の特集記事などに島の名前が出る程度。正直、あまり注目されていないようだ。近年で唯一とも言えるテニアンに関心が集まったニュースは、沖縄の米軍基地絡みだ。

米軍普天間飛行場の移設問題をめぐり、２０１０（平成22）年に社民党の国会議員らがテニアンを訪れ、基地移設を働きかけた。テニアンの行政区長や北マリアナ諸島の議会が容認や賛成の考えを示したため、ニュースにもたびたび取り上げられた。ただ報道によると、テニアンの行政区長は「（基地移設で）仕事を増やしたいと考えているが、最終的には米政府が決めることだ」とも話したという。そのとおりだろう。社民党が提起した普天間飛行場のテニアン移設案は具体化せず終わった。


戦後、テニアンはどのような歩みをしたのだろう。

日本人の引き揚げが完了したのが１９４６年5月。日本人引き揚げに伴い米軍は7月、サイパンにあった太平洋戦争中のチャモロ人とカロリン人の収容施設を開放した。収容所から出て、サイパンからテニアンに移住する人が現れた。北マリアナ諸島を含むミクロネシア地域は翌１９４７（昭和22）年、国際連合の「太平洋諸島信託統治領」になる。統治を任されたのは米国。国連のお墨付きを得た「実質米領」となった。現地トップは米大統領が任命する高等弁務官だが、安全保障上の理由から米太平洋艦隊最高司令官が大きな権限を持っていた。

１９４８年、マリアナ諸島の南西にあるヤップ島のチャモロ人数百人が、米軍の呼びかけでサイパン、テニアン両島に移住した。テニアンに来た人たちは、初めは島に残っていた米軍のかまぼこ兵舎などに住んだが、徐々に日本時代のテニアン町に新しい家を建て、現在のサン・

ホセ村をつくった。
小学校は戦前のテニアン国民学校を修理して利用し、米国の教育プログラムを導入した。1956（昭和31）年にはマルシャン・ペレットという神父によって小学校の近くに教会が建てられた。

テニアンが新たな道を歩みだすのは1970年代。ベトナム戦争の泥沼化と失敗を経験した米国が、太平洋・アジア地域の軍事戦略の見直しを進めていた時期である。北マリアナ諸島の軍事戦略的価値を再認識したという米国。信託統治でなく、より永続的な形で自国の主権下に置こうとしたという見方があるようだ。

北マリアナ諸島の住民にも戦後の米国式教育を受け、米国との共存を望む人が増えた。米国と住民代表との話し合いの結果、北マリアナ諸島は米国の自治領「コモンウェルス」になり、内政を独自におこなう一方、外交と防衛は米国に委ねることが決まった。1976年、北マリアナ諸島は信託統治領から分離。1978年1月、新憲法が施行された。

この新たな関係のなかで、米政府がテニアンの面積の3分の2以上に当たる約7200ヘクタールを50年間（1983～2033年）、軍用地として借りる契約が結ばれた。対価として米側から島側に1750万ドルの地代が払われた。契約には、米側が期間終了後、さらに50年間期間延長できることも盛り込まれている。テニアンはサイパンとともに米自治領の一員として新たな道を歩みだしたが、軍用地は米軍施設として固定化されることになった。

米軍の戦跡として整備された「原爆ピット」(2016 年に筆者撮影)

テニアン島 (2016 年に筆者撮影)

1980（昭和55）年10月、テニアン行政区長が来日し、新聞に記事が載ったことがある。島で初めて実施された選挙で行政区長に選ばれたフィリップ・メンディオラ（1912～1985年）だ。当時、日本の原発が出す低レベル放射性廃棄物の海洋投棄計画が問題になっていて、メンディオラは計画反対を訴えに来たのだ。

「日本政府がマリアナ群島近くに「原子の灰」を投げるというので、テニアン島ではみんな心配している」「日本政府は被害が出たら弁償すると言っているが、これは我々を人間扱いしていないやり方だ」

東京都内で記者会見したメンディオラ。流ちょうな日本語で日本国民の支持を訴えたと、当時の新聞が伝えている。

「広島へは謝りに行く旅だ」

日程に組まれた広島訪問を前に、こう話したという。もちろんメンディオラに原爆投下の責任はないのだが、原爆基地になった島の人間として責任を感じる、と説明したという。

メンディオラは南洋がドイツ領だった時代にロタ島で生まれ、日本時代に育った人。20代の時、日本語のうまさと頭の良さを買われて南洋興発に雇われ、日本の産業と文化を勉強するため、日本の僧侶の案内で東京を訪れた経験もあった。サトウキビでうるおった南洋興発時代、戦争、そして戦後の米国統治。北マリアナ諸島がたどった数十年を全て知る人だった。そして、日本と日本人を愛した人だった。

低レベル放射性廃棄物の海洋投棄計画は、小笠原諸島の小笠原村を含む太平洋の広い地域で反対の声が高まり、1985年1月、当時の中曽根康弘首相が太平洋諸国を歴訪した際、計画凍結を表明した。

島の住民はかつて、多くの人がメンディオラのように日本語を話したが、世代は変わり、今は日本語を話す住民はほとんどいない。日本時代は歴史の一部になりつつある。

テニアンの戦後経済はどうか。戦後、グアムを拠点に活動したケネス・ジョーンズという米国ビジネスマンが牧場経営をおこなった。1990年代後半には立派なカジノ施設を備えた大型リゾートホテルが建てられた。しかし、継続的に島の産業を支えるところまでは至らず、現在、テニアン経済は再び、不安定な状況に苦しんでいる。

人口も3000人レベルの少ないまま推移。日本時代のテニアン町、現在のサン・ホセ村にごく一部残る日本時代の建物や民家、神社跡もどこか寂しそうだ。旧日本海軍の司令部跡は、天井や壁が今にも崩れ落ちそうだが、崩壊防止の抜本的対策もなく放置されている。

「タガンタガン」と呼ばれるマメ科のギンネムも、島の訪問者の評判は良くない。ギンネムは樹高が品種によっては10メートル近くになる常緑樹で、沖縄や小笠原諸島にもある植物だが、テニアンの場合、至るところに生えている。このため島を訪れる日本人から、住民が怠惰で土地の管理を怠っているためだと言われることが少なくない。

2010年に日本の政治家が働きかけた沖縄米軍基地の移設提案に、島の人たちが賛成した背景には、経済の不振がある。

広い太平洋に浮かぶテニアン島。大海原の大波に揺られる小船のように、常に歴史に振り回され、姿を変えてきたテニアン。存在の小ささゆえに、大国の支配や影響をストレートに受けてきたテニアン。そして、独自の文化を大切にしながら、米国に寄り添い生きていく道を選んだテニアン。今後、島はどう変化していくのだろう。

海の美しさは息をのむほどだ。南国らしく、人々はおおらかで、大人も子どもも、とびきり素晴らしい笑顔を見せている。テニアンと島に生きる人たちの未来に幸多いことを祈りたい。

そして、最後に付け加えたい。

テニアンは、ひたむきに生きた日本人の真面目さと優しさを知っている。遠い故郷からやって来て、ともに働き、語り合い、みんなで笑った人たちがいたことを知っている。そして、日本が太平洋で口火を切った戦争とその罪、戦争が生んだ大きな悲劇を日本人とともに経験した。

テニアンは太平洋から日本を見つめている。きっと、これからも。

おわりに

筆者がテニアン島について初めて興味を持ったのは、８年も前になる２０１１年。当時小学生だった子どもと訪れた図書館の児童コーナーで、何気なく手にしたのが、テニアンと戦争について書かれた本だった。

児童書でありながら知らないことだらけ。自分の歴史知識の浅さを恥じるとともに、なぜか島のことが気になり、ある時、東京都内に住むテニアンの元住民の方に会った。その人がとても親切で、当時の思い出をいろいろ話してくれた。それからだ。テニアンの存在がどんどん自分の中で大きくなり、次第に引き込まれていった。

筆者が住む関東地方や東北地方のほか、沖縄県も何度も訪れ、元住民を探して取材を申し込んだ。その時点で戦後70年近くがたっていたので、筆者が会ったのは元住民のごく一部だし、みんな戦前は子どもか20歳前後の若者だった。ただなかには驚くべき記憶力で島の出来事を詳細に、具体的に語ってくれる人もいた。沖縄でも多くの人が、突然現れた見ず知らずの筆者を快く迎えてくれた。

強調したいのは、本書は筆者が書いたというより、元住民が残した多くの記録や文書、そして筆者が会うことができた人の証言をつないだものだということだ。

テニアンと日本の関わりは、沖縄県と同県の市町村が移民史の視点で大変詳しく調べ、貴重な資料を作成している。しかし、移民を送り出したほかの地域の調査や研究が沖縄ほど進まなかったこともあり、全国的視点でまとめた出版物がこれまであまりなかった。日本時代以前や戦後も含めたテニアンの歴史全体をとらえた本もほとんどなかった。

ただ、記録がないわけではない。多くの人が、サトウキビ畑での苦労、農場や町の仲間との懐かしい思い出、そして戦争で味わった地獄の出来事を、戦後、文字にしていた。親ぼく会の会報、同窓会誌、あるいは地域誌に寄稿した。他人の目に触れない個人的文章を書いた人は多いし、本を出した人も何人もいる。詩集や俳句集をつくった人もいる。

「太平洋に日本人が必死に生きた島があったことを知ってほしい」
「戦争は地獄だった。将来あんなことが二度と起きてほしくない」

言葉は人それぞれだが、この2つのメッセージが多いと感じられた。どの文書も自分たちの経験、テニアンの出来事を未来に伝えたいという気持ちは同じように思えた。

筆者は元住民に会う一方、彼らが残した文書を可能な限り集めた。その結果、目の前にテニアンの歴史を描いたジグソーパズルのピースが大量にあるような状態になった。本書の執筆は、それらを分かりやすい形に組み立てる作業だった。

「太平洋から日本を見つめ続ける島」という副題も、そんな執筆作業のなかで、自然に頭に浮かんだ言葉だった。

記録や文書を残した元住民たちも、戦後70年以上がたち、再びテニアンが日本人の島になればよいと考えているわけではもちろんないだろう。日本人で賑わった日々が遠い昔の出来事になりつつある。元住民はそれも理解している。ただ、日本時代の記憶が全て風化し、消え去ってしまうとしたら…。戦後生まれの筆者も、それはあまりに悲しいことだと思う。

仲間と助け合いながら必死に働き、築いたものを戦争で全て失った人たち。テニアンで生きた日本人を描くことは、戦争という歴史の失敗を二度と繰り返してはならないというメッセージを今を生きる我々、そして未来の世代に伝えることだ。筆者はそんな気持ちにもなった。

「日本人よ、テニアンのことを忘れるなよ」「たまには思い出してくれよ」——。

島がそんな言葉を我々に投げかけている。そんな気すらしてきた。そして浮かんだのが、本書の副題だった。

筆者の個人的興味から始まった取材。本土、沖縄、そしてテニアン。取材を受けてくださった方々、協力してくださったすべての方に感謝したい。そして、本書の趣旨を理解し、出版の労を取ってくださったあけび書房の久保則之代表と清水まゆみさんにお礼申し上げたい。

そして、筆者の家族にも。仕事の休日を利用し続けた取材。毎回気持ちよく送り出してくれた家族には感謝しかない。

日本とテニアンの関わりを探る取材は、戦後70年という時の流れが壁になることもあったが、可能な限りトライした。しかし、筆者の力量不足から掘り下げきれなかった部分が多数あるのも事実だ。現在のテニアンの社会、政治経済情勢をきちんと把握し、日本との関係を考えることも、今後の宿題として残っている。

テニアン、北マリアナ諸島がこれからどのような未来に向かっていくのか…。日本は太平洋の友人として、どのような関係を築けるのか…。テニアン取材は続く。

2019年6月20日

吉永　直登

主な参考文献・資料・論文

沖縄県文化振興会編『南洋廳施政十年史（影印本）』（沖縄県教育委員会、２００１年）
沖縄県文化振興会編『南洋開拓拾年誌（影印本）』（沖縄県教育委員会、２００２年）
DON A. FARRELL 著『TINIAN A BRIEF HISTORY』（PACIFIC HISTORIC PARKS、２０１２年）
『南洋群島要覧　昭和十六年版』（南洋庁、１９４１年）
矢内原忠雄著『南洋群島の研究』（岩波書店、１９３５年）
大宜味朝徳著『我が統治南洋群島案内』（南島社、１９３０年）
大宜味朝徳著『南洋群島案内』（海外研究所、１９３９年）
『記念誌　はるかなるテニアン』（沖縄テニアン会、２００１年）
『専習学校校誌』（１９９０年）
沖縄県文化振興会編『沖縄県史ビジュアル版９　旧南洋群島と沖縄県人』（沖縄県教育委員会、２００２年）
防衛庁防衛研修所戦史室著『戦史叢書　中部太平洋陸軍作戦　マリアナ玉砕まで』（朝雲新聞社、１９６７年）
菅野静子著『戦火と死の島に生きる（改訂版）』（偕成社、２０１３年）
伊藤久夫著『慟哭のテニアン島』（日本僑報社、２００４年）
高橋胸蔵著『開拓　わが一本の道』（１９９７年）
工藤恵美子著『テニアン島＝Tinian Island』（編集工房ノア、２００５年）
工藤恵美子著『光る澪　テニアン島Ⅱ』（編集工房ノア、２０１０年）

石上正夫著『大本営に見すてられた楽園』（桜井書店、２００１年）
石上正夫著『海と星と太陽と』（あすなろ書房、１９８７年）
儀間比呂志著『テニアンの瞳』（海風社、２００８年）
大高勇治著『テニアン　死の島は生きている』（光文社、１９５１年）
井上昌巳著『テニアンの空』（光人社、１９８７年）
比嘉清哲著『思い出の南洋テニアン島及びサイパン島』（２００７年）
浅野庄一著『幻の防波堤』（１９８７年）
栗原茂夫著『ドキュメント　少年の戦争体験』（２０１２年）
野村進著『日本領サイパン島の一万日』（岩波書店、２００５年）
鈴木均著『サイパン夢残』（日本評論社、１９９３年）
横森直行著『提督角田覚治の沈黙』（光人社、１９８８年）
森亜紀子著『日本統治下南洋群島に暮らした沖縄移民』（新月舎、２０１３年）
森亜紀子著『はじまりの光景』（新月舎、２０１７年）
沖縄県文化振興会編『沖縄県史　資料編15』（沖縄県教育委員会、２００２年）
沖縄県文化振興会編『沖縄県史　各論編５　近代』（沖縄県教育委員会、２０１１年）
名護市史編さん委員会編『名護市史本編・５』（名護市、２００８年）
金武町史編さん委員会編『金武町史　第一巻』（金武町教育委員会、１９９６年）
南大東村誌編集委員会編『南大東村誌』（南大東村、１９９０年）
具志川市史編さん委員会編『具志川市史　第四巻』（具志川市教育委員会、２００２年）
山形県編『山形県史　本編４　拓殖編』（山形県、１９７１年）

八丈町教育委員会編著『八丈島誌』（八丈町役場、１９７３年）
南日本新聞社編『鹿児島戦後開拓史』（南方新社、１９９９年）
長南実訳『マゼラン最初の世界一周航海』（岩波書店　２０１１年）
ROBERT F. ROGERS 著『Destiny's Landfall』（ハワイ大学出版会、１９９５年）
Richard Woodman 著『THE DISASTROUS VOYAGE OF THE SANTA MARGARITA』（SEVERN HOUSE PUBLISHERS、２００８年）
中山京子編著『グアム・サイパン・マリアナ諸島を知るための54章』（明石書店、２０１２年）
平岡昭利著『アホウドリと「帝国」日本の拡大』（明石書店、２０１２年）
塩谷七重郎著『松江春次伝』（歴史春秋出版、２００５年）
武村次郎編著『南興史』（南興会、１９８４年）
能仲文夫著、小菅輝雄編『南洋紀行　赤道を背にして　復刻版』（南洋群島協会、１９９０年）
郷隆著『南洋貿易五拾年史』（南洋貿易、１９４２年）
月島機械編『創造への年輪─月島機械株式会社七十年の歩み』（１９７７年）
『栗林１００年史』（栗林商会、１９９６年）
『小松製作所五十年の歩み』（小松製作所、１９７１年）
高野友治著『天理教伝道史10』（天理道友社、１９７５年）
大野道雄著『沖縄芝居とその周辺』（みずほ出版、２００３年）
児玉清子著『躍　児玉清子と沖縄芸能』（新星出版、２００７年）
岡谷公二著『南海漂蕩』（冨山房インターナショナル、２００７年）
『戦時行刑実録』（矯正協会、１９６６年）

戦没船を記録する会編『知られざる戦没船の記録　上・下巻』（柘植書房、１９９５年）
ウルリック・ストラウス著、吹浦忠正監訳『戦陣訓の呪縛』（中央公論新社、２００５年）
ロバート・シャーロッド著、中野五郎訳『サイパン』（光文社、１９５１年）
Carl W. Hoffman 著『THE SEIZURE OF TINIAN』（U. S. MARINE CORPS、１９５１年）
小山仁示訳『米軍資料　日本空襲の全容』（東方出版、１９９５年）
LESLIE R. GROVES 著『NOW IT CAN BE TOLD』（DA CAPO PRESS、１９６２年）
ゴードン・トマスら著、松田銑訳『エノラ・ゲイ　ドキュメント　原爆投下』（ティビーエス・ブリタニカ、１９８０年）
NORMAN POLMAR 著『THE ENOLA GAY』（Potomac Books、２００４年）
奥住喜重、工藤洋三、桂哲男共訳『米軍資料　原爆投下報告書』（東方出版、１９９３年）
工藤洋三、奥住喜重共著『写真が語る原爆投下』（２００５年）
George A. Larson 著『A Seabee's Story』（Merriam Press、２０１２年）

参考論文

對馬秀子「八丈島から旧南洋群島・ミクロネシア・北マリアナ諸島への『農場移民』―動態的民族誌として」（白山社会学研究　第13号、２００５年）
宮内久光「南洋群島テニアン町の市街地図復元と市街地構造」（沖縄地理学会会報　第65号、２０１６年）
栗山新也「芸能実践の豊かさを生きる―沖縄移民の芸能から広がる人やモノのつながりの研究―」（大阪大学博士学位請求論文、２０１５年）

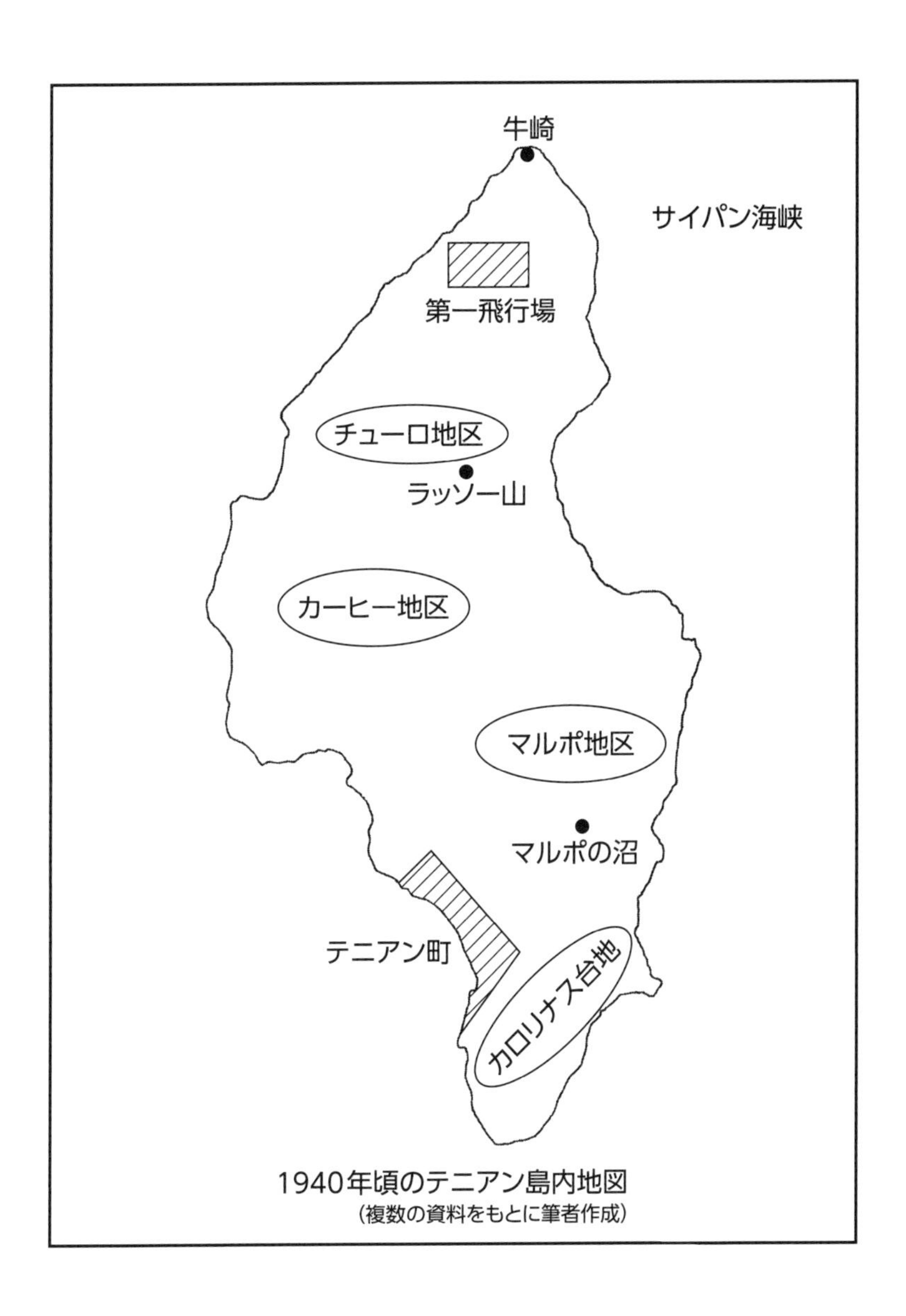

1940年頃のテニアン島内地図
（複数の資料をもとに筆者作成）

テニアン関連年史

	テニアンの出来事	マリアナ諸島の出来事
約３５００年前		この頃までに人が定住
１５２１年		マゼラン船団が世界一周航海の途中、マリアナ諸島に寄る
16世紀後半		ガレオン貿易始まる
１６０１年頃	サンタ・マルガリータ号がロタ島近海で難破。テニアンに上陸した船員がいたとされる	
１６６８年		宣教師サンビトレスがグアムに派遣される
１６９５年頃	スペインがテニアンのチャモロ人を制圧。島は無人島化	
１７３０年頃		スペイン・チャモロ戦争が終結
19世紀前半	ハンセン病の患者施設がつくられる	捕鯨船が周辺海域に現れるようになる
１８６９（明治２）年	米国人が牧場、農場経営をおこなう	
１８９８年～99年		グアムが米領、北マリアナ諸島はドイツ領になる
１９１４（大正３）年		第一次世界大戦が勃発。日本軍が旧ドイツ領を占領し、軍政を始める

年	テニアン島	南洋群島・日本
1916年	喜多又蔵の関係者が椰子事業に着手。日本人が島に上陸	
1920年		国際連盟のもと、日本の委任統治領になることが決まる
1921（大正10）年	松江春次が島を調査	南洋興発が設立（11月）
1922年		南洋庁が発足（4月、本庁・コロール島）
1925年		サイパンのサトウキビ栽培が成功
1926（大正15、昭和元）年	南洋興発が島の農地租借権を得る。開発本格化	
1927年	島内に商店が初めてできる	サイパンの農場で大規模ストライキ
1928年	入植者が急増	
1929年	開墾が進み、小学校や郵便局ができる	
1930（昭和5）年	製糖工場が完成し砂糖生産始まる。寺が建てられる	
1932年	砂糖生産量が飛躍的に伸びる。沖縄芝居の公演が盛んになる	南洋興発が納める出港税が南洋庁の収入の約3分の2を占める
1933年	南洋庁出張所が設置。商業組合など発足。テニアン神社建立	日本が国際連盟脱退
1934年		サイパンに松江春次の銅像つくられる
1935（昭和10）年		カツオ節「南洋節」の生産盛んに
1936年	映画館「地球劇場」開業	
1937年	スズラン通りを中心に市街地賑わう	

1938年	南洋興発専習学校開校	
1940（昭和15）年	各農場に神社が一斉につくられる（〜1941年）	松江春次が社長辞任
1941年	囚人労働者による第一飛行場できる	太平洋戦争始まる（12月8日）。日本軍がグアム占領
1942年	海軍「第11航空艦隊」が島内滞在	
1943年		米軍攻撃による日本船沈没が多発
1944年	初空襲（2月）。米軍の占領、住民多数が自決（7〜8月）。日本人の収容所生活始まる。米軍基地の建設始まる。ノースフィールドにB29が初配置（12月）	軍民協定締結。大艦隊襲来。サイパン占領（7月）
1945（昭和20）年	収容所生活が落ち着きを見せる。原爆部隊「第509混成群団」が到着。広島、長崎に原爆投下（8月6日、9日）	マリアナ諸島各基地から日本本土空襲。終戦（8月15日）
1946年	日本人が全員本土、沖縄に引き揚げ	
1947年		国際連合の信託統治領になる（統治国は米国）
1976（昭和51）年		北マリアナ諸島が米自治領（コモンウェルス）になる
1978年		北マリアナ諸島の新憲法施行
1980年	放射性廃棄物の海洋投棄計画反対で行政区長が来日	
1983年	島の面積の3分の2以上を米軍用地として50年間提供。2033年まで	

吉永　直登（よしなが　なおと）

1963年生まれ。千葉県出身。上智大学法学部卒。

ＮＨＫ勤務（山形放送局）を経て1991年、共同通信社入社。甲府、神戸、横浜、さいたま、名古屋の各支社局と本社に赴任。

神戸支局勤務時に阪神大震災が発生。震災、復興が大きな取材テーマになる。本社では環境省や農林水産省などを担当。環境問題、地球温暖化対策の取材に力を入れた。映像担当部署のデスクも務めた。

テニアン―太平洋から日本を見つめ続ける島

2019年7月1日　第1刷発行

著　者――吉永 直登
発行者――久保 則之
発行所――あけび書房株式会社
102-0073　東京都千代田区九段北1-9-5
☎03.3234.2571　Fax 03.3234.2609
akebi@s.email.ne.jp　http://www.akebi.co.jp

組版･印刷･製本／モリモト印刷　ISBN978-4-87154-168-8　C0021